「……もうっ、意地悪しないでください……」
「おまえからなんて、初めてだからな。もっと噛みしめたい」
瑞緒がかぶりを振ると、久我は耳朶に唇を寄せた。
「言ってくれ……俺が欲しい、って……」

俺の女になるんだろ

～若頭に囲われたら、いきなり結婚宣言されました～

浅見茉莉

Vanilla文庫 Miel

俺の女になるんだろ
若頭に囲われたら、いきなり結婚宣言されました

contents

イラスト／御子柴リョウ

第一章　救いの騎士はヤクザ⁉

このブライダルサロンへ来るのは、何回目だろう。いずれにしてもこれが最終のチェックで、じきにウェディングドレスは仕上がってしまう。

ということは、もういつでも結婚式が挙げられるんだ……。

「……あら？」

ドレスを身に着けた桐生瑞緒《きりゅうたまお》の姿を鏡越しに見て、店のスタッフは気づかわしげに眉をひそめた。

「お痩せになりましたか？　ちょっとサイズが……ダイエットは不要だと思いますよ」

「はい、いえ……」

結婚まで秒読みになったことがひしひしと感じられて、瑞緒はスタッフの言葉も頭に入らず、タフタのドレスをしわが寄るほど握りしめる。

……いいの？　本当にこのままでいいの？

結婚相手は、大前俊樹《だいぜんとしき》という大手美容サロンを経営する三十三歳の男だ。規模は比べようもないながら、同業を営んでいた瑞緒の両親が交通事故で揃《そろ》って他界してしまい、遺《のこ》された会社と従業員、そして瑞緒を助けたいとプロポーズしてきた。

突然の不幸に茫然自失《ぼうぜんじしつ》で、しかも大学を卒業してすぐ家業に就職をしたばかりの瑞緒は、この先どうすればいいのかと途方に暮れていた。瑞緒の両親と大前との間ではすでに結婚の同意ができていたと追いつめられ、とにかく従業員を路頭に迷わせるわけにはいかないとプロポーズを受け入れた。会社関係については大前に一任し、家業は大前の会社へ吸収合併された。

安堵《あんど》する間もなく結婚準備が進められたが、ここにきてどうしようもない違和感――いや、拒否感に襲われた。

大前さんと結婚、夫婦になる――嫌だ、無理……！

会社を通じて元から顔見知りではあったし、気に入られているのだろうとなんとなく感じてはいたけれど好きにはなれず、できることなら避けたい相手だった。逆に両親は大前の地位に魅力を感じていて、勧められるまま何度か食事にいったこともあるが、客として傲慢に振る舞い、スタッフを小ばかにした態度を見せ、その一方で己自身や会社の自慢三昧《じまんざんまい》をされては、まったく人間性を尊敬できなかった。しかもなにかにつけて瑞緒に触れてこようとして、生理的な嫌悪感まで引き起こされた。

大前と両親の間で瑞緒を嫁《とつ》がせると話がまとまっていたと聞き、ショックだった。両親にとって自分は家業を発展させるための駒だったのだ。仕事に夢中で娘のことは二の次三の次にする親でも、大事な家族だと思っていたのに。

それでもフィアンセとしてこれから関係を築いていかなければと思っていたのに、大前の態度はどんどん変わっていった。

瑞緒の行動に四六時中目を光らせ、伝えたスケジュールと少しでも違いがあると、事細かに行き先やその理由を訊《き》いてくる。それは次第にエスカレートして、行動まで制限されるようになった。

干渉は瑞緒の服装や言動にまで及んだ。大前の意に染まなかったときには、手を上げられたこともある。直後に自分の行為を棚に上げて瑞緒を慰め労《いた》わるような様子を見せてきて、瑞緒は暴力だけでなくその二面性にぞっとした。いずれにしてもDV気質は否定できないようだ。

瑞緒の気持ちを考えようともしないスキンシップは以前からだったけれど、プロポーズを受けて以来、大前は隙あらば手を出そうとしてきた。瑞緒は本能的な拒否感から、結婚するまでは両親の喪に服したいと理由をつけて躱《かわ》している。しかし実力行使に出られたら、拒みきれないかもしれない。

それも含め、大前の機嫌を気にするあまり、瑞緒は息詰まるような日々を過ごしていた。

そんな相手と、どうして結婚しようとしているのだろう。絶対に無理だ。まるで長い悪夢から覚めたようで、瑞緒はなにかに追い立てられるような、居ても立ってもいられない心地に見舞われていた。

「よくお似合いですよ。では、ご新郎さまにもご覧いただきましょうか。もちろんお式前ですから、ちょっとだけ」

ふふふと笑うスタッフがドアの向こうに消えるのを見て、瑞緒はドレスの裾をたくし上げて走り出した。スタッフ専用のドアに身を滑り込ませ、細い通路を裏口に向かった。

結婚なんて嫌だ！

二十二歳の瑞緒には結婚に対するビジョンもまだないけれど、相手が大前というのは絶対に違う。

幸い誰に見咎《みとが》められることもなく通用口から飛び出すと、そこはサロンの入り口のあった華やかな表通りが嘘《うそ》のような暗い路地だった。左右を見回す余裕もなく、瑞緒はそのまま駆け出す。とにかく少しでも遠くへ逃げたかった。

もう少しで大通りに出るというとき、いきなり左手のカーポートから車のボンネットが突き出し、瑞緒はたたらを踏む。同時に大きなブレーキ音が響いて、車の鼻先が大きく揺れた。その距離、わずかに数十センチ。

「危ねえよ、ねーちゃん！　……っと、なにそのカッコ……」

運転席側のウィンドーが下りるのも待たずに声を張り上げたのは、ドイツ製の高級車には不似合いな、ツンツンに立てた短髪に派手な柄シャツを着た若者だった。思いきりガンを飛ばした表情が、呆気《あっけ》にとられたものに変わる。

「ご、ごめんなさい……」

たしかに今の瑞緒の格好は、街中を歩くにはふさわしくない。というか、教会や結婚式場以外で着る人はいないだろう。

「いったいなにごと？　なんかの撮影？」

若者はそう言いながら、半分路上に乗り出した車から降りてきた。

「いえ、ちょっと……車、だいじょうぶですよね？　私、急ぐので――」

「瑞緒！」

大前の声が聞こえ、瑞緒は肩を大きく揺らした。

もう追いかけてきたの？　早すぎる……。

一瞬振り返ると、大前がこちらに向かって駆け出してくるところだった。泥棒でも捕まえようとしているかのような、怒りの形相だ。

「なんだなんだ!?　やっぱりドッキリかなにか？」

若者の声を聞きながら逃げようとした瑞緒だったが、ドレスの裾を踏んでしまって時間をとられた。その間に大前は追いついて、瑞緒の腕を摑《つか》んだ。

「放してください！」

「なにを言ってるんだ。マリッジブルーってやつか？　人前で恥ずかしい」

瑞緒と大前の言葉の温度さに不信を抱いたのか、若者が首を傾げる。

「んん？　ガチカップルなんすよね？」

「そうだ。俺のフィアンセが騒がせてすまなかったな」

大前の腕を押し返しながら、瑞緒は言い返した。

「結婚なんかしません！」

とたんに大前の目が吊《つ》り上がって、瑞緒は脅えて固まった。大前の指が腕に食い込む痛みに、どうにかかぶりを振る。

「まったく……今さらわがままを言うな。いい加減にしろ」

わがまま？　大前は本気でそう思っているのだろうか。そんなことではない。本当に嫌なのだ。追いつめられ、動転していたからといって、大前の言葉に従ってしまったことを強く後悔している。

「いい加減にするのはそっちのほうだろう」

ふいに聞こえた声に目を向けると、すらりとした長身の男が車の後部ドアに手をかけて立っていた。車に乗っていたのは若者だけだと思っていたが、他にもいたらしい。

スーツに身を包んでいるが、ビジネスマンにしては髪が長めだ。もっとも大前もそうだから、職種によってはアリな程度だろう。だがふつうのビジネスマンに見えないのは、髪

型よりもむしろその表情だ。目力がありすぎる。文句なしのイケメンなのに、軽々しく近づけない威厳を感じた。

「フィアンセだっていうのが本当だとしても、この状況で嫌だって言うんだから、本気なんだろうよ。無理強いなんて、よけい引かれるだけだ。諦めろ」

新たに現れた男に、瑞緒と同じく驚いていたらしい大前は、それを聞いて我に返ったように嚙《か》みついた。

「関係ないだろ！　引っ込んでろ！」

正当性は己にあるとばかりに、鼻息荒く言い返した大前を見ながら、男は面白そうに顎《あご》を撫《な》でた。

「関係、ね……関係があればいいんだな？　お嬢ちゃん――」

男の鋭い視線が瑞緒に移った。一瞬誰のことかと思ったけれど、瑞緒を呼んだらしい。

返事をしようと慌てて口を開きかけたが、それより先に男が放った言葉に、瑞緒は目を瞠《みは》った。

「ヤクザの女になるなら助けてやるが？」

ヤクザ⁉　誰が？　この人が⁉

大前も驚きながらも信じがたく思っているようだが、腕を摑む力が緩んだのを感じて、瑞緒はその手を振り払って大前から離れた。

「……なります！」

目の前の男が信用できるかどうかなんてわからない。たしかなのは、ここで大前に捕まったら、もう逃げられないだろうということだ。

きっと……ヤクザのふりをして助けようとしてくれているんだわ……。

同意した瑞緒を、男は驚いたように見つめたが、すぐににやりと口端を上げた。その笑みにぞくりとしながらも、不思議な魅力を感じる。

「――だそうだ」

男は車の前を回って大前と対峙《たいじ》すると、その顔を覗《のぞ》き込むように身を屈めた。大前の密かなコンプレックスは背が低いことらしいのだが、そこを的確に突くようなしぐさだ。

「ヤクザの女に手を出したら、どうなるかわかってるだろうな？」

男は大前の眼前に名刺を突きつけてから、それを胸ポケットに押し込み、行けとばかりに手を振る。大前は歯噛みしながらもなにも言い返せずにいたが、瑞緒に怒りの矛先を転じた。その形相は醜いほどだ。

「ドレス！　返せよ！」

瑞緒はとっさに胸元に手をやった。たしかに大前の金で用意したものだ。だが、大前が望んでいるのはドレスではない。この場で瑞緒を裸に剥《む》いて恥ずかしい目に遭わせたいのだとわかっている。

……逃げられるならそれくらい――。

「シュン――」

「はい！」

男はシュンと呼んだ若者の手からなにかを受け取ると、それを大前の足元に放った。それは帯封がされた一万円札で、瑞緒は息を呑《の》む。

……嘘でしょ……ほ、本物なの……？

「足りるだろ？」

男の言葉に大前はぐうの音《ね》も出せず、それでも札束を拾って踵《きびす》を返した。最後に瑞緒へ怨嗟《えんさ》の目を向けて。

「あのー、そろそろ動きませんか？　ちょっと人目が……」

若者の声に、ふいに日常が戻ってきたような気がして、瑞緒は安堵のあまり膝から頽《くずお》れそうになった。そうならなかったのは、素早く伸びた手が引き寄せてくれたからだ。瑞緒の体重を預けても、男の腕も身体も頑として力強く、その頼もしさにさらに力が抜けていく。

「乗れ」

そのまま背中を押され、車の後部席に乗せられそうになって、瑞緒は我に返った。

「いいえ、あの――」

「話は中で聞く。ぐずぐずしてると奴の気が変わって、また追いかけてくるかもしれないぞ」

大型セダンの後部席は広かったが、ドレスのスカートが広がって瑞緒がわたわたしている間に、男は隣に乗り込んできた。

「いいですかー？　出しますよー」

いったいなにが起こっているのだろう。いや、大前から逃げ出したのは瑞緒の意思だけれど、接触しそうになった車の主に助けられて、こうしているなんて。

しかしこの偶然がなかったら、今ごろ大前に連れ戻されていたのは間違いなく、男はまさに恩人だ。

だって……私じゃろくに言い返せなかったし、ドレスを返せって言われたときも、脱ぐしかないと思って――あっ……！

実際小さく声が出て、瑞緒は男に顔を向けた。

「お金！　ごめんなさい、どうしよう……今すぐには無理ですけど、必ずお返ししますので――」

大前が持ち帰ったということは本物なのだろう。帯をした束がふたつ――身ひとつで逃げ出した瑞緒は、硬貨すら持ち合わせがない。

あんな大金、どうやって……家に戻って口座から掻《か》き集めればなんとか――ああ、バッグもないんだ……鍵やスマホ――。

「名前は？」

男の問いかけに、瑞緒ははっとした。

「す、すみません！　桐生瑞緒と申します。このたびは危ないところを助けていただいて、いえ、ご迷惑をおかけして……」

「礼だけでいい。それに大したことはしてないしな」

「そんなことありません！　私だけだったらきっと連れ戻されてただろうし、あんな大金まで――」

「気にしなくていい。こっちがさっさと切り上げたかっただけだ。あの場で脱ごうとしただろ？　警察沙汰だ」

「う、それは……」

瑞緒が言い淀《よど》んでいると、男はニヤリとした。

「ああ、訊くだけで言ってなかったな。久我《くが》だ。久我宗輔《そうすけ》。こいつはシュン」

男――久我は名乗ると、運転席に向けて顎をしゃくった。

「カシラ、ちゃんと紹介してくださいよ。佐々木《ささき》俊太《しゅんた》、十九歳です！　杯《さかづき》はまだですけど、カシラの運転手とかやらせてもらってます。二十歳《はたち》になったら晴れて正式な組員に――」

「うるせえよ」

久我の長い脚が運転席の背もたれを蹴り、瑞緒はぎょっとして身を引く。

カシラ……？　カシラって、久我さんのこと？　組員って……。

まさか本当にヤクザなのだろうか。瑞緒にとってヤクザなんて小説や映画などの架空の世界に登場するものでしかなく、本物のヤクザがどんなふうなのかもわからない。そもそも久我もシュンも、街中を歩いていても違和感がない風貌《ふうぼう》だ。むしろイケてる部類で――。

……ってことは、このままどこかへ売り飛ばされるの？　風俗とか……まさか殺されて臓器売買とか――。

焦点が定まらない瑞緒の目に、しかめ面《つら》をする久我が映る。

「妙な想像をしてるみたいだが、そんなことにはならないから安心しろ」

それを信じるのもむずかしいが、瑞緒はすでに久我に借りを作っている。大前から解放してくれたということだけで感謝しているし、救いの手を摑んだのは瑞緒自身で、だからこの先は自己責任だ。

さっき……ヤクザの女になるなら、って言ってたっけ。そういうこと……？

身体を奪われるのかもしれないと思っても、不思議と大前に感じていたような不快感はなかった。もちろんそうしたいわけではないけれど、それも運命かもしれないと思う。少なくとも最悪ではない。

車は高輪《たかなわ》のタワーマンションの駐車場で停まり、瑞緒は久我とシュンに両脇を固められるようにしてエレベーターに乗り込んだ。

「途中で誰かと乗り合わせることはめったにないんでだいじょうぶっすよ」

シュンの言葉どおり、指定した階でドアが開くまで、エレベーターには誰も乗ってこなかった。そもそもフロアごとに使用できるエレベーターが決まっているらしい。

案内された部屋は事務所などではなく、住居用の造りだった。それも超豪華な、洗練されたモデルルームのような空間だ。広々としたリビングにはスタイリッシュなデザイナー家具が配置され、インテリア小物ひとつとっても洒落《しゃれ》ている。

瑞緒の自宅の分譲マンションもそれなりに高級で、父は購入以来自慢が絶えなかったが、ここことは比べるべくもない。

「かーっ、いつ見ても絶景っすね！」

一面が窓になっていて、シュンがこちらに背中を向けて両手を広げている。たしか四十数階だったから、東京湾《とうきょうわん》が一望できるのだろう。

「いいからクローゼットから服を見繕ってこい。サイズが合いそうなのもあったはずだ」

「はーい！」

勝手知ったる様子のシュンがリビングを出ていくと、久我はため息をついてソファに腰を下ろした。流れるような動きで煙草《たばこ》を咥《くわ》えると火をつける。瑞緒の視線に気づいて、久我はわずかに眉をひそめた。

「嫌煙家か。生憎《あいにく》だな」

「あ、いえ。吸う人が近くにいなかったので、つい見惚《みと》れて……失礼しました」

久我はふんと鼻を鳴らし、顎をしゃくった。

「てきとうに座れ。突っ立ってられると落ち着かない」

「は、はい……」

瑞緒は久我の向かい側のソファの端に、恐る恐る腰を落とし――。

「きゃっ……」

――たつもりが、大きく的を外して床に尻もちをついた。何重ものペチコートのおかげでダメージはなかったが、そもそもこんな格好でなければ起きなかった失態に、頬が熱くなる。

久我は素早く腰を浮かせて、瑞緒に手を差し出した。

「なにをやってるんだ」

言葉こそぶっきらぼうだったけれど、慎重に瑞緒を立たせてくれる。

「すみません、ありがとうございます」

「お待たせしました！　ジャージですけど、ウェディングドレスよりはマシですよね。とりあえずってことで、あっちの部屋に揃えて――あれれ？　手なんか握り合っちゃって、お邪魔でした？」

ドア口でニヤニヤするシュンを、久我は軽く睨《にら》みながら瑞緒の手を押した。

「着替えてこい。けがでもされたら厄介だ」

「あっちの部屋っすよー」

廊下でシュンに示され、瑞緒はドレスの裾をたくし上げながら部屋へ向かった。

「うわ、ここも……」

思わず呟《つぶや》いてしまうくらい、すてきな部屋だった。おそらく客用だと思われるが、ベッドやテーブルセット、チェストのデザインが統一されていて、まるで上質なホテルのようだ。

ベッドの上に、パッケージに入ったままのスポーツウェアの上下と、シンプルな白Tシャツがのっている。これも泊まり客用だろうか。

瑞緒は苦労してドレスを脱ぐと、ほっと息をつきながらジャージに袖を通した。ドレス用の下着なので窮屈ではあるけれど、しかたがない。下着まで脱ぐわけにはいかない。

「あの……着替えをありがとうございました」

瑞緒がリビングに戻ると、ちょうどシュンがコーヒーカップをテーブルに並べているところだった。

「わあ、全然雰囲気が違いますね。いいなー、なんか彼氏の服を借りちゃったみたいな？」

「ばかなことを言ってるんじゃねえ」

今度こそちゃんとソファに座り、勧められたコーヒーを飲む。ブラックは苦手のはずが、ほっとする美味《おい》しさだった。

「で？　さっきの騒ぎはなんだったんだ？　気まぐれで婚約を撤回か？　まあ、あまりよさそうな男じゃなかったが」

助けてもらった以上は説明するべきだろうと瑞緒が口を開きかけると、「俺、車にいますね」とシュンは席を外した。

瑞緒は順を追って語る。都内で美容サロンを営む両親のひとり娘として生まれたこと、この春に大学を卒業して、サロンの事務方として勤め始めたこと、両親が自動車事故で、呆気《あっけ》なくこの世を去ってしまったこと。

大前は同業大手の社長で、両親の生前から仕事で行き来があった。立地がよく客筋もいい瑞緒の両親の店を以前から吸収したいと考えていたようで、さらに瑞緒にまで食指を動かしてきた。瑞緒が知らないところで、両親が結婚と引き換えに、仕事に関してよりいい条件を引き出そうとしていたと知ったのは、その死後のことだった。

両親が亡くなって早々に、店の経営と従業員の生活が瑞緒にかかっていると同情するように慰めてきた大前を拒む気力さえなかった。瑞緒は悲しみに暮れる暇もなく、どうすればいいのかわからず焦りばかりを募らせた。だから、大前に差し出された手にすがってしまった。その結果、店は丸ごと大前の傘下に収まった。

予想よりも早く思いどおりに事が運んだと、酒に酔った大前が自慢げに語ったとき、瑞緒は蒼白《そうはく》になった。すでに両親の店は大前のものになっていたし、瑞緒もプロポーズを受けてしまっていて、結婚に向けて動き出していたのだ。

「会社の顧問の税理士や弁護士くらいいただろう。そっちに訊かなかったのか?」

呆《あき》れたように目を開いた久我に、瑞緒は消え入りそうな声で答えた。

「同業だから、いちばん頼りになるだろうと……」

「丸儲《まるもう》けってとこだな。その上、女付きか。笑いが止まらないところだ。けど、なんだって結婚なんか受けたんだ? 聞いたところでは、元から苦手な奴だったんだろう?」

「……お店も、私も助けてくれるって……放っておいたら、ひどいことになるからって……気は進まなかったけれど、なんとしてもお店を……従業員の仕事をなくせないから……私が結婚することで丸く収まるなら、それでいいと……」

「大した自己犠牲の精神だな。だけど間違ってる。自分の心身が安定してないのに、他人の面倒なんか見られるわけがない。しかも実際、瀬戸際でひっくり返ってるわけだしな」

慰めてもらえるなんて考えていなかったけれど、容赦なく断じられて瑞緒は唇を噛んだ。大前に応じたときから、自分でも薄々感じていたのだ。こんなのおかしい、できるわけがない、と。それでも現実から目を逸らして今日まできてしまった。

「……無知で世間知らずだったと、今は思います」

「いや、責めてるわけじゃ……悪い、どうもずけずけものを言う性分らしくて」

ふいに鋭さが消え、戸惑っているように聞こえる声に、瑞緒は顔を上げた。久我は気まずそうな横顔で、火がついていない煙草を指先で弄《もてあそ》んでいる。それから思い出したように、テーブルに封筒を置いた。

「できるだけ奴に見つからなそうな場所へ逃げろ。親戚や会社関係はだめだ。知りあいのひとりやふたりいるだろう？　これは当座の資金に使え」

封筒はかなり厚さがあり、瑞緒は慌てて両手を振った。

「受け取れません！　さっきだって——あ、あのお金は必ずなんとかしますから——」

「こっちが勝手にしたことだから、いいって言っただろう。とにかくどこかへ——」

「行くところなんてありません！」

瑞緒がそう言うと、久我は眉根を寄せた。

「は？　若い女が、転がり込めるとこのひとつもないってのか？　大学時代のツレとか」

「仲がよかった子は、就職で遠方に引っ越してしまいました。それにバッグごとスマホも置いてきてしまったから、連絡先がわかりません……」

俯《うつむ》いた瑞緒の耳に、久我の深いため息が聞こえた。

「てことは、家の鍵もないいんだな」

そうだ。自宅にも帰れない。それに、大前の目があるかもしれないと思うと怖くて、とても足を向ける気になれなかった。

「あの……図々しいお願いなのは承知ですが、少しの間ここに置いてもらえないでしょうか……？」

恐る恐る口にしたけれど、言葉になって出たとたん、それがいちばんいい、いや、それが望みだと思った。ここが――久我のそばがいちばん安心できる気がする。ほんの数時間前に会ったばかりの人なのに、しかもヤクザだというのに、どうしてなのだろう。

守ってくれたから……？

そんなことを考えていた瑞緒の前で、久我は眉間に深々としわを刻んだ。

「……堅気の女がヤクザに関わるんじゃねえよ。いいから、これ持ってさっさと出ていけ」

テーブルの上で押しやられた封筒を、瑞緒は両手で押し返した。

「助けてくれたじゃないですか。もう関わったってことでしょう？」

思わず言い返すと、久我は驚いたように目を開いた。瑞緒自身、ヤクザだという相手にこんなふうに言い返せるのが不思議だったけれど、必死なのだ。ここを離れてはいけない、ここにいたい。

どうすればいいの？　どう言えば、久我さんを納得させられる？

「ヤクザの女になるなら、助けてくれるって言いましたよね？」

するりと口から滑り出た言葉に、久我は虚を突かれたようだった。これだ。このまま押し通すしかない。

瑞緒はソファを離れて、久我の前に立ちはだかった。相変わらず眉間にしわを寄せたまま、久我は瑞緒を見上げた。どこか困惑しているようにも見える。

「……あなたの女にしてください」

世の中、うまくいくことばかりではないと、両親の死からこの数か月で知った。店と従業員は無事だったけれど、瑞緒は大前との婚約を余儀なくされた。そこから逃げ出せたと思ったのもつかの間、今また独り放り出されそうになっている。

波風が立つのは同じなら、誰かに指示されて流されるより、自分で決めて進んでいきたい。

大前から逃れるために、瑞緒は久我のものになる。嫌だとは思わない。出会ったばかりの相手にそう思えるのは自分でも不思議だけれど、久我が現れたあの瞬間、瑞緒は本当に救われた気がしたのだ。

危機を救いに駆けつけた騎士みたいだったな……。

ふと甘い空想が頭をよぎったが、冷えた声音が瑞緒を現実に呼び戻した。

「ばか言ってんじゃねえ。落ち着いて考えろ」

すっくと立ち上がった久我に、上から睨みつけられる。しかし瑞緒は引かなかった。

「考えて決めたんです」

思わず睨み返してしまったかもしれない。久我の表情に険が走ったから。

「ああそうかよ！」

ふいに痛いほど手首を摑まれ、瑞緒は引きずられた。リビングを出て廊下を進み、最奥のドアの中へ連れ込まれる。どうにか自分で歩いていたものの、久我の歩幅は大きく、歩みも速くて、周りを見る余裕もない。

「あっ……！」

突き飛ばされた身体を受け止めたのはキングサイズのベッドだった。両手を伸ばしても端まで届かないほど広いベッドに呆然としていると、背中に遠慮のない重みが加わった。

「……う……」

「俺の女になるんだろ？」

耳元で響いた低い声に、瑞緒の背中がさあっと粟立《あわだ》った。なんて硬い身体なのだろう。肉体に潜む圧倒的なパワーが感じられて、瑞緒は慄いた。そもそも異性とこんなふうに密着したのは初めてなのだ。

大学までエレベーター式の女子校だった瑞緒は、これまで男女交際をしたことがない。派手に遊んでいるグループはいくらでもあったが、懇意にしていた友人たちが真面目に学生生活を送るタイプだったのと、チアリーディングの部活に明け暮れていて、異性と交流するよりもそちらのほうが楽しく、清く正しい日々を過ごしていた。

久我の手が瑞緒の身体とシーツの間に差し入れられて、スウェットの裾から潜り込んできた。反射的に身体をシーツに押しつけて阻止しようとするけれど、忍び笑いに項《うなじ》を擽《くすぐ》られる。

「嫌ならそう言え」

「……いっ……嫌じゃありません……」

小さなため息がつかれたような気がしたが、這《は》い上がった手に胸を摑まれて、それどころではなくなった。

「あっ……」

「なんだ、重装備だな」

ウェディングドレス用のインナーはボーンの入ったビスチェで、たしかにしっかりと上半身を包んでくれているけれど、背中は大きく開いているしストラップもないから、簡単にずれてしまう。実際、呆気なくブラカップを下げられて、乳房を直に手で包まれた。ひやりとする体温と、硬い手のひらの感触に、瑞緒は唇を嚙《か》みしめた。

横たわって背後から抱き寄せられているが拘束されているわけではない。本気になれば決して逃げられなくはないだろう。しかしヤクザの女になれなければ、ここから追い出されてしまう。

やわやわと乳房を揉んでいた指が乳頭に押し当てられて、捏ねるように撫で回される。それが次第に硬く尖《とが》っていくのを感じて、自分の意思に反した反応に瑞緒は混乱した。心臓は大きく速く打ち鳴らされていて、それが久我に伝わってしまうのではないかと気が気ではない。

久我は片手でビスチェのホックを外そうとしたようだが、ずらりと並んだそれが面倒になったのか、手を下に伸ばした。スウェットパンツのウエストから潜り込まれて、瑞緒はとっさに身を捩《よじ》る。

胸を触られるだけでパニックなのに、これ以上されたらどうすればいいのか。いや、自分がどんな反応をするかわからない。しかし、拒絶したら追い出されてしまう——頭の中でそんな葛藤を繰り広げながら、けっきょく身を固くしていたのだが——。

「やっ……」

躊躇《ちゅうちょ》のない指がショーツの中まで入ってきて、瑞緒は声を上げた。

「最近は素人《しろうと》もこれか？　まさか天然ってことはないよな？」

一瞬止まった指にするりと無毛の恥丘を撫でられ、瑞緒ははっとして息を呑む。頬がカアっと熱くなるのを感じた。

美容サロンにはさまざまな施術があるが、いちばん利用者が多いのは脱毛だ。瑞緒もチアリーディングのコスチュームをまとう都合上、仲間と申し合わせて腋下《わきした》の脱毛は十代のころに済ませた。

利用したのはもちろん実家のサロンで、仲よくしていたスタッフにＶＩＯも強く勧められたのだ。

『これからもっと流行《はや》るよ。アメリカなんて当たり前だしね。水着着たりしても全然気にならないし、絶対いいって』

そのときはそういうものかと思ったし、言われて施術に踏みきったチアのメンバーもいたので、瑞緒もやってしまった。誰に見せるわけでもない、なんて思ってもいたのだ。

それがまさか、こんなことになるなんて……。

羞恥と後悔に襲われていた瑞緒は、ふいにスリットに分け入った指に身体を揺らした。

「あ、あっ……」

指はラインをなぞるように行き来して、瑞緒の息を乱す。遠慮のない動き以上に瑞緒を混乱させたのは、その動きを妨げないほど潤んでいた己の身体《からだ》だった。

嘘……濡《ぬ》れてる……？　そんな……。

本意ではない行為なのに、どうしてこんなことになっているのだろうと、自分の身体に裏切られた気分だ。

蜜をまとった指に先端の花蕾《からい》を撫で擦られ、その刺激に瑞緒は何度もびくついた。久我の愛撫に応えてしまっているようで、恥ずかしくてたまらない。しかし堪えようとすればするほど、敏感に反応してしまう。

項を舐《な》められて、吐息を感じ、ふっと力が抜けた。同時に久我の指がさらに奥へと滑って、中に押し入ってくる。

えっ……？　や、怖い……無理……。

指の動きはゆっくりだったけれど、瑞緒は全神経を集中させて硬直していた。無理だなんて言っていられない。自分からそうすると決めたのではないか。

ぎゅっと目を瞑《つぶ》ったとき、久我の指が引いていった。それだけでなく、久我は瑞緒から離れてベッドに身を起こした。

な、なに……？　どうしたの？

ふいに室内の温度が下がったような気がしながら、瑞緒は戸惑いの目で振り返った。久我は乱れた髪を掻き上げて、忌々しそうに睥睨《へいげい》した。

「ガチガチに緊張して。襲ったわけじゃねえぞ。自分から言い出してこれかよ」

吐き捨てるように言われ、瑞緒は衣服の乱れを繕うのも忘れて、ベッドに正座した。

「す、すみません！　あの……もうだいじょうぶですから、どうぞ、その……続きを……」

久我はふんと鼻を鳴らし、「その気が失せた」と立ち上がった。

どうしよう……。

瑞緒は目の前が真っ暗になる。啖呵《たんか》を切るような真似をしておきながら、怖気づいたのは自分で、言いわけのしようもない。もとから久我にその気はなかったはずで、こうなってしまったら出ていくしかないのだろうか。

「そんな顔するな。追い出しやしない」

その言葉に驚いて目を上げた瑞緒の頬を、涙がこぼれ落ちていった。久我が不快そうに眉を寄せたのを見て、慌てて頬を拭う。

「おまえが世間知らずだってのはよくわかった。このまま追い出したら、助けた甲斐《かい》もなく捕まりそうだ。とりあえずここにいろ。あの男に手出しはさせない」

またしても事態が好転したらしいことを、瑞緒は呆然と聞いていた。

「おい、聞いてるか？」

顔を覗き込まれ、瑞緒は慌てて頷《うなず》いた。

「あ……ありがとう、ございます……」

久我は鷹揚《おうよう》に頷いて背を向ける。そのまま部屋を出ていきかけ、ドアの前で振り返った。

「勝手に外に出るなよ」

そこを動けずにいると、遠く玄関のドアが開閉する音が聞こえて、瑞緒ははっとしてベッドを下りた。身繕いをしながら部屋を出て、リビングを覗いて玄関に向かう。そこには瑞緒の白いハイヒールしかなく、やはり久我は外に行ったらしい。

……どこ行ったの？　ああ、シュンさんが車にいるって言ってたっけ。

強引に居座ったのは自分だが、家主を追い出すような真似はできない。

でも、連絡の取りようもないし、外に出るなって言われちゃったし……。

それよりも、ここにいていいと許された以上、もうあんな失態は繰り返せない。久我が出ていってしまったのも、そのせいかもしれないではないか。女になると言いながら行為を中断させてしまったのだ。

久我さんが戻ってきたら、今度こそちゃんとしてもらおう。

瑞緒は覚悟を決めてひとり頷いた。

思い返してみれば、久我にされたことは嫌ではなく、恥ずかしさが占めていた。怖いと感じたのは久我自身にではなく、未知の行為に対してだった。

それはそれで不思議だ。久我はヤクザで、瑞緒の世界にはいなかった存在だ。多分に映画や小説のイメージしかないけれど、非合法なこともすれば暴力沙汰だってあるのだろう。

それでも瑞緒には頼もしい存在だった。久我に出会えなかったら、ＤＶの夫に虐げられる結婚生活になっていた。感謝している。

だから、こんな身体でよければ好きにしてほしい。今の自分は久我に返せるものがなにもないのだから。

リビングに戻りカップを片づけているとインターフォンが鳴った。戸惑いながら覗いたモニターに、にっかり笑って手を振るシュンが映っている。

慌てて玄関に走りドアを開けると、シュンは会釈して進み、両手にさげた紙袋を大理石が敷かれたホール側に置いた。

「え？　なんですか、これ？　あ、どうぞ上がってください」

そう促すが、シュンは大げさに両手を振った。

「いやいや、カシラがいないのに、上がるわけにいかないっす。ていうか、これを運んだだけなんで」

「これは……？」

袋の口から覗いているのは、パッケージに入った衣服だろうか。

「とりあえずの着替えっす。こっちは食い物。てきとうに買って来ましたけど、好き嫌いありますか？　ま、今日の分だけなんで、食えそうなやつだけでも。それと、これ――」

シュンが差し出したのは、クレジットカードだった。

「俺が買うわけにはいかないものもあるでしょ、下着とか。そういうのだけじゃなくても、必要なものや欲しいものを買うようにって、カシラから預かってきました」

「え？　え？　でも、あの――」

着替えを届けてくれたのにも驚いて恐縮しているのに、どこまで至れり尽くせりなのだろう。自分は久我にとって厄介者でしかないはずだ。

「それからスマホ。とりあえずこれ使ってください。通販とかに必要でしょ。カシラと俺の番号は入ってます」

瑞緒は困惑して、シュンに手のひらを向けた。

「こんなにしてもらうわけにはいきません。それより久我さんは？　いつごろお帰りですか？」

「カシラはご自宅に戻られましたよ」

「ご自宅……って、ここじゃないんですか？」

では、ここは誰の住まいなのかと、疑問が膨らむ。いわゆる事務所のようなものなのだろうか。もしかしてここに他のヤクザがやってくるとか。

瑞緒の頭に浮かんだのは、坊主頭にスカーフェイスのステレオタイプな映画版ヤクザで、思わず身震いする。

「自宅は事務所の裏手っすね。そこに母屋と、カシラの離れがあるんすよ」

「母屋と……離れ……」

呟くように繰り返した瑞緒に、シュンは頷いた。

「母屋には、オヤジさんと組のもんが何人か。離れはカシラの自宅で、今のとこ独り暮らしっすね、独身だから。あ、ここもカシラのもんなんで、心配無用っすよ」

オヤジさんとは組長なのだろう。その人が事務所裏の母屋に住んでいるのはわかるけれど、久我が敷地内の離れに自宅を持っているというのは、どういうことだろう。カシラというのは、そんなに地位が高いのだろうか。

「あの……今さらですけど、カシラっていうのは……？」

躊躇いつつ訊《たず》ねると、シュンはぽかんとした後で吹き出した。

「そうっすよね、わかんないっすよね。いや、失礼しました。カシラは若頭っす。組長が社長なら、さしずめ専務ってとこかなー？　他の組ではそれなりのおっさんが若頭を務めていることが多いっすけど、うちはカシラが組長のひとり息子さんなんで、若くてイケメンなんす」

組長の実子……！　筋金入りだ……。

驚く瑞緒を尻目に、シュンは「それじゃ」と踵を返した。

「なにかあったら、いつでも連絡してください。明日は時間見て顔出しますんで、必要なものがあったらメールでもなんでも」

フットワーク軽く玄関を出ていったシュンを見送った瑞緒は、しばらく呆然としていた。

弟分のシュンを引き連れているのだから、まるで下っ端ということはないだろうと思っていたが、まさか二番手ポジションの若頭だったとは。

だって、どう見ても三十そこそこだよね？　シュンさんもうちのカシラは若いって言ってたけど……。

しかし言われてみれば、眼光の鋭さといい、無言の迫力といい、威厳のようなものが感じられた。瑞緒はそれ以上に、頼もしさを強く感じたけれど。

それにしても細々《こまごま》と気づかってくれて、ありがたさよりも申しわけなさが上回る。瑞緒はなにひとつとして久我に返せていないのに。

こんなヤクザがいるのだろうか。

「人情に厚いヤクザだな……」

瑞緒はそう呟いて、誰にともなく手を合わせた。

第二章　愛人未満は続く

黒陵会《こくりょうかい》久我組は、都内南西部で金融や遊興を仕切る中規模の組織だ。同会系の筆頭組織に属していた祖父が独立して組を興し、現在は父の哲造《てつぞう》が二代目組長を務めている。

「いつも数分顔を見せてくださるだけなんだから。今度ゆっくり遊びにいらしてくださいな」

新橋《しんばし》方面のバーやクラブを見回っていた久我は、一軒の店を後にしようとして、見送りに出たママに流し目を送られ、指で肩を突かれた。

「ああ、そのうちに」

「きっとですよ」

こういったことは下の連中に任せているが、数か月に一度は自ら確認するようにしている。店を守るためにも、店に勝手な行動を起こさせないためにも、目を届かせていると知らしめることが必要だ。

組員を引き連れて路肩に停めた車に乗り込むと、運転席からシュンが振り返った。

「お疲れさまっす！　事務所に戻っていいすか？」

「ああ」

ネオンきらめく繁華街を抜けると、シュンがルームミラー越しに目を合わせてきた。

「大前ですけど、特に変わりはないって西《にし》さんから報告がありました」

大前には会った翌日から見張りをつけている。今のところ気になる動きはないようだが、本気で瑞緒の安全を守るなら、用心するに越したことはないだろう。

なにしろ、お世辞にも清廉潔白とは言えない野郎だからな……。

瑞緒を預かることになって真っ先に調べたのは、桐生家と大前の身辺だった。瑞緒の両親が営んでいた美容サロンは、そこそこの業績を上げていたが、同業大手の大前の力を借りてさらなる事業拡大を狙う野心家だった。

瑞緒が語っていたとおり、瑞緒に関心を寄せていた大前に積極的に娘を娶《めあわ》せようとしていて、従業員でさえいずれふたりが結婚すると思っていたと言を揃えた。実際そのとおりになりかけていたわけで、すでに大前の名前で都内のホテルに挙式披露宴の予約が入っていたのを確認した。

大前の実家は美容整形メインの総合病院で、関東近郊に分院もあり、いわゆる極太というやつだ。兄弟は医師になったが、大前自身は医学部を二浪したところで海外の大学で卒業証書を買い、帰国と同時に現在の会社を持たせてもらった。

出自自慢、金持ち自慢で、派手にとっかえひっかえの女遊び、そのくせケチで小狡《こずる》く、権力を笠《かさ》に着て下の者には傲岸不遜と、みごとに評判がよくない。わがままが高じてカッとなりやすい質《たち》らしく、ちょっとした諍《いさか》いごとをおこしたのも一度や二度ではなく、そのたびに親の力を借りて収めている。

瑞緒も家業を残すためと一度は大前に嫁ぐことを受け入れたが、やはり耐えられずに土壇場で気持ちを翻《ひるがえ》した。無理はないと思う。久我が女だったとしても、断固願い下げだ。しかしその場に居合わせたのが久我だったのは、瑞緒にとって果たして助かったといえるのかどうか。

絶対、一難去ってまた一難ってやつだろ……。

額を押さえてため息をついた久我を、助手席の組員が振り返って気づかう。

「ご気分でも？」

「いや、なんでもない」

心配させるのも不本意で煙草を咥えると、組員は後部席に身を乗り出して火をつけた。紫煙の向こうに、ぼんやりと瑞緒の姿が浮かぶ。出会ったときのウェディングドレス姿だ。

大前を退かせる意図だったが、ヤクザの女になれと言ったのは失敗だった。家業を守るために結婚を呑もうとした瑞緒にしてみれば、大前から逃れるにはそれしかないと、同じように交換条件と思い込んでしまったのだろう。それも、自分に拒否する権利はない取引だと。

悪いことに、大前を追い返すのに金を使ったところも、しっかり見られている。久我に借りを作ってしまった以上、引くに引けなくなったのだ。

けど、俺は撤回したはずだぞ。あの子にしてみれば、ヤクザの言い分なんか信じられなかったのかもしれないけど。

自分も大前と同じように、エサをぶら下げてその身を手に入れようとしているのだと思われているのかと複雑な気持ちになりながらも、突然寄る辺ない身の上になってしまった瑞緒を憐《あわ》れに思う。

ウェディングドレスなんて、誰もが満面の笑みで着るもんだろうに……。

初めて瑞緒を目にしたとき、図らずも胸が騒いだ。花嫁らしくない悲壮感も露わな表情だったが、瑞緒自身はありていにいって好みドンピシャだったのだ。シマ回りで見かけた商売女だったなら、迷わず声をかけていただろう。

しかし、堅気の女とどうこうなる気はない。愛人にするつもりもないし、結婚なんてもってのほかだ。そもそも久我は、結婚自体に消極的だった。口外したことはないが、伴侶を守りきる自信がない。

……トラウマってやつかな。

胸の中で呟きながら、煙草を揉《も》み消した。

久我が幼いころ組が襲撃に遭い、母は身を挺《てい》して父を庇《かば》い亡くなった。そのとき父も片脚を負傷し、杖《つえ》が必要になった。

相手を守って自分が死ぬならともかく、自分のために死なれるようなことは耐えがたい。久我にとって妻を娶るのは、弱みを作るようなものだ。

それなら瑞緒を愛人にして、期間限定で楽しめばいいのだろうか。彼女自身もそう申し出ていることだし。

しかし、それも瑞緒が相手では、なにか違う気がする。

……わかんねえよ。堅気の女なんて、相手にしたことねえし。

初日に言い合いの末に押し倒して、ガチガチに緊張されたのも少なからずショックだった。そんなにヤクザが怖いのかと。それならどうして自分から言い出したのかと。

反応からして処女だと確信を持ち、瑞緒のほうから逃げるように仕向けるつもりが、無毛の股間に内心仰天してしまい、そこからなんだかおかしくなったのだ。そう――正直なところ興奮していた。無毛にではなく、瑞緒がそうだったことに。瑞緒が泣き声を発しなかったら、危うくそのまま突っ走ってしまうところだった。

しかし、なんなんだ。最近の流行りだと聞いたことはあったけど、あいつはそういうタイプじゃないだろう。いや、家業が家業だからな。身近なぶん抵抗がなかったのか……。

どうでもいいことに流れた思考は、シュンの「お疲れさまっした」という声に追いやられた。

車を降りて、事務所と母屋を素通りし、離れの自宅へ向かいながら改めて方針を確認する。

乗りかかった舟だ、瑞緒の安全が確認できるまで——大前が瑞緒を諦めたと思えたら、解放すればいい。路頭に迷った女を救ったことは、何度もある。

それと同じだ。悩むことなんかなにもないだろう。


翌日の夜、来客を見送ったところで、シュンから電話がかかってきた。

シュンには一日一度、高輪のマンションへ行って、瑞緒の様子を見てくるように指示してある。

『なんでカシラが行ってあげないんすか？　瑞緒さん、俺の顔見るたびに、あからさまにがっかりしてますよ』

それは間違いだろう。ほっとしているのを隠そうとして、そんなふうに見えるだけではないのか。

ともかく久我は、瑞緒とはできるだけ顔を合わせないことに決めた。べつに不都合はないはずだ。むしろ瑞緒としては安心だろう。

俺も安心だよ、間違いを起こさずに済む。

それはさておき、シュンは先ほどマンションへ行くと言って出かけた。いつもは戻って報告をするくらいで、電話してくることなど、これまでなかったのだが。

【あっ、カシラ！　助けてください！　俺の手には負えません！】

それを聞いた久我は、項がざわつくのを感じた。

「どうした？　なにがあった？　詳しく――」

【瑞緒さん、そんな――】

突然通話が途絶え、久我はスマートフォンを凝視した。

「カシラ？　なにかありましたか？」

古参の組員が訝《いぶか》しげに訊ねるのも耳を素通りして、事務所の玄関に向かう。

「どちらへ？　お送りします！」

「いい！　用があるときは電話しろ」

久我はガレージで小振りのスポーツカーに飛び乗ると、一目散に高輪のマンションを目指した――。

「……で？　なにがあった？」

マンションの玄関を開けると、直立不動のシュンがぎゅっと目を瞑った。

「申しわけありません！」

九十度を超えて頭を下げたシュンに、まずはそう訊ねる。

「言いわけになっちゃいますけど、俺は断ったんすよ。でも瑞緒さんがどうしてもって……だから連絡させてもらいました。すいません！」

「なんだかわからん。瑞緒は？」

とにかくまずは瑞緒の安否だと、久我はシュンの返事を聞く前に奥へ向かった。緊迫感があった電話のわりに、進むにつれて家庭的な匂いが漂ってくる。

味噌汁《みそしる》……かな？

リビングはふだんどおりに整然と片づいていて、間続きのダイニングにも明かりが灯っていた。ほとんど使ったことがない広いダイニングテーブルに、いくつもの料理が並んでいる。さらにその奥のアイランドキッチンには、エプロン姿の瑞緒がいた。

……どういうことだ？

◇

「お願い！」

「無理ですって、そんな……」

両手を合わせる瑞緒に、シュンは困惑して首を振った。

数日とはいえ毎日顔を合わせていると、同年代ということもあって、シュンとはずいぶん打ち解けた。もちろんシュンが人懐こい性格をしているおかげもあるだろう。

だから協力を仰いだのだ。久我をここに呼び出してほしい、と。

「こうしていられるのも、久我さんのおかげです。なんのお返しもできないけど、せめて手料理くらい食べてもらいたい。シェフでもないから、大したものは作れませんけど……でも、そうでもしないと私、心苦しくて……」

それも嘘ではないが、久我に会えなければ女になるという条件が果たせない。久我に追い出す気はなさそうだけど、一方的に世話になるだけではだめだと思うのだ。

しつこくシュンを拝み倒し、ようやく連絡を取ってもらえた。怒られそうだなー、と呟くシュンには申しわけないが――。

「すみません、私がシュンさんに無理を言ったんです」

呆然と立ち尽くしている久我に駆け寄って、瑞緒は頭を下げた。久我は瑞緒を見つめ、それから背後を振り返った。リビングのドアから覗いていたシュンがぺこりとして、「じゃあ俺は、ひと足先に失礼します！」と姿を消した。パタパタという足音が遠ざかり、玄関ドアの開閉音が響いた。

「……まったく、なにごとかと思った。呼ぶならふつうに呼べばいいだろう」

ようだ。

久我はため息をついて、腕組みをした。怒っている様子はないが、心配させてしまった

「ごめんなさい……でも、来てくださいと毎日言伝をお願いしていましたけど、いっこう

に会えなかったので」

「一応やらなきゃならないことがあるんだよ。これでも忙しい」

言われてみればたしかにそのとおりで、会いに来いというのは時間を寄こせと言ってい

るのに他ならない。瑞緒の立場で言っていいことではない。

「申しわけありません……」

久我の都合も考えず、自分の気持ちばかりにかまけていたと項垂れると、「それで？」

と訊かれた。

「用件は？」

「あ、あの、久我さんにはお世話になりどおしで、せめて食事でもしていただけたらと

……もちろん、お時間があればですけど、いえ、その気になれないというなら、断ってい

ただいても——ああ、それじゃ完全に無駄足ってことに……」

緊張しながら喋《しゃべ》っているうちにまとまらなくなってきて、瑞緒はますます焦ってしまう。

そんな瑞緒の横を通り過ぎ、久我はダイニングテーブルを見下ろした。

久我の好みがわからなかったので、和食メインの家庭料理にした。鷹《たか》の爪を利かせたき

んぴらごぼう、鶏団子《とりだんご》を詰めた油揚げの巾着、水菜とわかめ、ちくわの酢の物。メインはギンダラの西京焼き《さいきょうや》で、味噌汁の具は大根となめこにした。

久我が椅子に座るのを見て、瑞緒は慌てて味噌汁を温め直し、ごはんを茶碗《ちゃわん》に盛った。

「どうぞ」

「おまえは？」

「はっ？　いいえ、私は――」

心配で味見しすぎてお腹いっぱいだなんて言えない……。

「久我さん用に準備したので」

苦し紛れにそう答えると、久我は訝しげに眉を上げたが、それ以上訊くことなく両手を軽く合わせた。

「いただきます」

わ……意外。ちゃんと挨拶するんだ。手まで合わせて。

ヤクザだなんだといっても、きちんとした家庭で育ったのだろう。箸使いも姿勢も美しく、瑞緒はしばし見惚れた。

ふと気づくと、ごはんが半分ほどになっていて、瑞緒は手を差し出す。

「おかわり、盛りましょうか」

「いや、まだ――そうだな、もらっておくか」

「はい！」

ごはんだけでなく、おかずもそれぞれ減っていて、瑞緒は口元を緩める。

両親が仕事に熱中していたので、瑞緒は十代に入ったころからキッチンに立っていた。インターネットのレシピサイトを参考にして、自分なりにアレンジしつつ習得し、ひととおりのものは作れる。

しかし用意しておいても、帰宅した両親がそれを食べてくれたことはほとんどなかった。ふたりとも、雰囲気のある店で食事するのを好んだのだ。

手料理をちゃんと食べてくれたのは、久我が初めてだ。

自分が作ったものを食べてもらうのって、こんなに嬉《うれ》しいんだな……あ、まさか、無理してるわけじゃないよね？　本当は嫌いなものがあるとか……ま、不味《まず》いとか……。

自分で思いついてけっこうショックだったけれど、人それぞれ好みは違うわけで、瑞緒が納得した味だったとしても、久我もそう感じるとは限らない。

「あの――」

汁椀《しるわん》に口をつけた久我が、横目で瑞緒を見上げた。

「無理しないでくださいね。苦手とか、美味《おい》しくないとか、好みがあると思うので――」

「美味《うま》いよ」

――え……？

あまりにもさらりと言われて、聞き間違いかと瑞緒は目を瞬いた。

美味い、って……言ってくれた？　本当に？

久我はそれきり無言で、ギンダラの西京焼きを口に運んでいる。今しがたの発言は現実だったのだろうかと、疑ってしまいそうだ。

その後も久我は味噌汁をおかわりし、瑞緒の料理を完食した。食前と同じように両手を合わせて「ごちそうさま」と呟いた久我は、空になった皿を見つめる瑞緒に、「お茶をもらえるか」と振り返る。

「……あ、はい！　すぐに――」

テーブルの食器を下げて煎茶を置くと、久我はそれを飲みながらほんの少し口元を緩めたようだった。

よかったー……。一応及第点だったってことだよね？　お世辞でも美味しいって言ってくれたし。

デザートに果物を出そうと冷蔵庫を開けていると、久我が立ち上がる気配に、瑞緒は振り返った。目が合い、先に久我がふっと逸らす。

「じゃあ、帰る」

「ええっ？　ま、待ってください！　今、デザートを――」

「いい。煙草が吸いたい」

背を向けた久我に、瑞緒は駆け寄った。

「ここで吸えばいいじゃありませんか」

「苦手だろう」

たしかに反射的に煙を気にしてしまうけれど、それは身近で体験することが少なかっただけだ。人が吸うのをどうこう言うつもりはない。

「苦手じゃありません！　そう言ったはずです」

久我を引き止めようと必死になるあまり、真っ向から言い返してしまい、驚いたような顔をした久我に慌てる。

生意気だと思われたかな……。

「……ここは久我さんの部屋でしょう？　今までは寝泊まりすることも多かったって、シユンさんに聞きました」

「それなら、別に自宅があるのも知ってるはずだな？」

「でも、私が居座って久我さんを追い出すなんて……」

瑞緒は何度か躊躇った末に、久我を見上げた。

「泊まっていってください」

「なにを言い出すかと思えば」

一笑にふそうとする久我に、瑞緒はなおも言い募る。

「無理にお願いしていさせてもらっているんです。久我さんに不便をかけてしまっているなら、出ていくしかありません」

久我の前を通り過ぎようとした瑞緒の腕を、強い力が引き止めた。

「ばかなことを。どこへ行くって言うんだ。当てがないからここにいるんだろう？　それに、奴の目に留まったら――」

涙目になっていた瑞緒を見て、久我は目を瞠った。瑞緒は慌てて目を伏せる。

意図してそんな顔を見せたわけではない。交換条件の務めを果たさなければと思っていたのはたしかだけれど、久我を引き止めるためにタイミングよく涙をこぼせるほど、瑞緒は器用ではない。

ただ、久我が帰ってしまうと知って、無性に寂しくなった。不安や心細さもあったかもしれない。ここはどこよりも安全だとわかっているのに。

ふいに腕を摑む力が緩み、手が離れた。

「……わかったよ」

ため息とともにそんな言葉が聞こえて、瑞緒は目を上げた。久我は煙草を咥えて、ソファに腰を下ろし、ちらりとこちらを睨む。

「文句はないだろ？」

久我の後に入浴した瑞緒がリビングに行くと、照明を絞った中で久我はグラスを傾けていた。

「なにかおつまみを用意します」

「簡単なものでいい。それとグラスをもうひとつ」

パジャマは着ないんだな……。

風呂が空いたと声をかけられたときには、久我はバスローブだったと思う。緊張してよく憶えていないけれど。

しかし今は、ゆったりした長袖シャツにデニムだった。洗い髪と相まって雰囲気がずいぶんと違い、洒落っ気のない青年ふうだ。眼光の鋭さも影を潜めているように見える。

しかし、そんな格好でくつろげるのだろうか。いつ何時《なんどき》呼び出しがあっても飛び出せるように、ということかもしれない。

そう言う瑞緒も、膝下丈のルームウェアにしっかり下着を身に着けている。

瑞緒は数種類のチーズとナッツ、チョコレートを皿に載せて、グラスと一緒に運んだ。

「お待たせしました」

久我は顎をしゃくって隣に着席を促すと、新しいグラスにアイスペールから氷を入れて、ほんの少しのウィスキーと多めの水を注いだ。目の前に置かれたそれを、瑞緒は呆然と見下ろす。

「私の分……ですか？」

「薄すぎるとか言うなよ？　酔わせるつもりは毛頭ない。横で見られてても落ち着かないからな」

一緒にお酒とか、なんだか嬉しい……だって、厄介者だと思われてるとばかり……。

感慨に耽《ふけ》ってグラスを見つめていると、久我がはっとしたようにグラスに手を伸ばした。

「もしかして逆か？　飲めないならジュースでも――」

取り上げられる前に、瑞緒はグラスをしっかり握った。

「飲めます！　少しですけど……ウィスキーは初めてですけど、たぶん薄ければなんとか」

「酒なんて、無理して飲むもんじゃねえけどな。だめだと思ったら、チョコでも食っとけ」

ふだんはなにを飲んでいるのかという話から始まり、久我が学生時代に酔いつぶれて路傍に放置され朝を迎えたというエピソードに、瑞緒は目を瞠った。幹部として組を仕切る久我にも、そんな時代があったのか。

「朝までそのままだったんですか？　警察とか来ませんでした？」

「ミシガンの片田舎だったからな。治安もよかった。目が覚めたらウッドチャックがいて、ぎょっとしたが」

「ウッドチャック？」

小型犬くらいの大きさのリス科の野生動物だという。そんな生き物が生活圏にいるのも驚きだけれど、久我は海外暮らしだったのか。

「学校はアメリカだったんですね……」

「親とぎくしゃくしてた時期でな。多感なころだから、家業についていろいろ思うところもあったし、いっそ誰も俺をそうと知らないところに行こうと、日本を離れた。結果、まあ楽しくやれたよ」

今どきのインテリヤクザというやつだろうか。瑞緒なりに情報を集めた。現代のヤクザはフロント企業という表向きの会社で、一般人に紛れているという。

そのせいかな……あまり久我さんをヤクザだって感じないのよね……。

もっとも久我に会うのは今日が二度目で、彼のことをほとんど知らない瑞緒が言えることではないだろう。一歩外に出れば、肩で風を切って極道界を練り歩いているかもしれないし、刃物や銃器で脅したり争ったりしているかもしれない。

そうか……まだ二回目なんだ。それなのに、どうしてこんなふうに過ごせるのかな。

ひとりで家にいたときはもちろんのこと、両親が在宅していても覚えがなかった安心感というか、そんなものを感じる。

ずっと心に空いていた隙間が埋まっていくようだ。

「やっぱり留学って、日本ではできない経験が積めそうですね。でも、私には勇気がなかったなあ」

「大学ではなにをしてたんだ？」

「文系でしたけど、ほぼチアリーディングに明け暮れてました。高校からだから、七年近く？」

「チア？　ああ……」

「本場ですよね。ありました？」

「肩の上に乗ったり、そこから宙返りで飛び降りたり？　あれをやってたのか……」

感心半分疑い半分の眼差《まなざ》しに、瑞緒は手を振る。

「私は年数ばかりで下手でしたから」

踊ってみせろなんて言われたら、恥ずかしくて死ねる。久我はそう言いこそしなかったけれど、瑞緒とチアリーディングが結びつかないのか、何度もこちらを見ては、首を振って目を逸らしていた。

「そ、そんなことより、好き嫌いを教えてください。嫌でなければ、また食事を用意したいので」

「好き嫌いはない。和洋中もこだわらないが、家庭料理がいちばん好みだな」

あ、じゃあ今日のメニューは正解だったんだ。よかった……。

酒を飲むなら晩酌を兼ねたメニューにしてもいいと、瑞緒は頭の中に料理を思い浮かべながら、グラスを口に運んだ。自分の年齢にはまだ早い感じがして手を出さずにいたけれど、ウィスキーも意外に飲みやすい。

「……さて、そろそろお開きにするか」

少しふわふわした気分で目を上げると、まったく酔いを感じさせない久我が腰を上げた。瑞緒が覚えている限りでも、五杯は飲んだはずだ。

慌てて立ち上がった瑞緒は視界がぐらりと揺れたというのに、これが年季の差だろうか。

「ふらついてるじゃないか。気分は悪くないか？　片づけは明日でいい。早く寝ろ」

「だいじょうぶ、れす……おやすみなさい……」

リビングを出ていく久我を見送って、グラスや皿をシンクに運ぶ。冷たい水で食器を洗ううちに、はっとした。

……おやすみなさいじゃないってば！　なんのために久我さんを引き止めたのよ？

瑞緒は洗い物を急いで片づけ、リビングを出て廊下を進んだ。

この数日、時間を持て余して家事に勤しんでいたので、間取りは熟知している。初日に連れ込まれた部屋が主寝室で、久我が寝起きする部屋だろう。

瑞緒はそっとドアを開けた。紛れもなく寝込みを襲う状況だが、酔いで気が大きくなっているせいか、羞恥や躊躇はない。むしろ意気込んでさえいた。

室内は暗く、ベッドサイドにおぼろげな明かりが灯るだけだ。瑞緒は巨大なベッドに歩み寄り、目を閉じて横たわる久我を見下ろした。ブランケットをつまんで、そっと引き下ろしていく――。

「いい加減にしろ」

手首を摑まれ、瑞緒は息を吞んだ。てっきり眠っているとばかり思っていた久我が、眉を寄せて見上げている。

「部屋を間違えたわけじゃないだろ？」

「ま、間違えてなんかいません」

こうなったら行動あるのみとばかりに、瑞緒はブランケットの上から久我に抱きついた。

「この前のことを忘れたのか？　ガチガチに緊張してたじゃないか。無理はするもんじゃない」

「でも、私はまだなにも返せていません。今だって久我さんのお世話になり続けてるのに……」

ブランケットを握りしめる瑞緒の髪に、なにかが触れる。頭を撫でられているのだろうか。子ども扱いだ。しかし優しい感触が心地いい。

「礼なら、メシを食わせてもらった」

先ほどよりも近い場所から声が聞こえる。瑞緒が目を上げると、たじろぐほど近くに久我の顔があった。

「その食材も久我さんの持ち出しです。私のものなんて、私自身しか——あっ……」

髪を撫でていた手に、後頭部をしっかり掴まれた。

「本気でヤクザの愛人になるつもりか？」

脅すように鋭い目で見上げてくるけれど、瑞緒の胸は不思議と高鳴った。やっと恩を返せるという安堵だけでなく、久我との距離が縮んだようで嬉しくもあった。

「ヤクザでも、私にとっての久我さんは、優しくて頼もしい人です……」

久我は一瞬眉をひそめ、瑞緒を引き寄せた。

「んっ……」

唇が重なる——というよりも、奪われるようなキスだった。他人の唇に触れたのは初めてで、そもそも実際のキスがどんなものか瑞緒は知らない。しかし侵入してきた舌に口腔《こうこう》を撫で回され、頭の中まで掻き回されるような酩酊感《めいていかん》に惑わされた。自分がどうなってしまうのかわからない、でも逃げ出すことは考えられない。逆にその先が知りたい。

「……ん、う……」

捕まった舌を吸い上げられて、柔らかく噛まれ、こめかみが痺《しび》れる。

背中を抱いていた手が下がって、ルームウェアのワンピースの裾をたくし上げるようにしながら、太腿《ふともも》、腰へと這い上がっていく。ショーツに包まれた双丘を手のひらで撫で回されて、瑞緒の喘《あえ》ぎが口端から洩《も》れた。

指が尻のあわいに滑り、ショーツ越しに秘所をなぞる。薄い布地はすぐに湿って張りついた。冷えていく感触に、自分がもう濡れていると知ったとたん、奥から新たな蜜が溢《あふ》れ出すような感覚があった。

「敏感だな。まだなにもしてないぞ」

キスを解いてもまだ触れ合いそうな距離で、久我が含み笑う。

「……触って……る、じゃないですか——あっ……」

ショーツの足口から指が差し入れられて、瑞緒は仰け反った。久我が喉元に吸いつく。

「触るっていうのは、こういうことだろ？」

蜜を搦《から》めとるように指が動き、生じた水音に瑞緒の頰が熱くなった。指が花蕾を探り当て、柔らかく捏《こ》ねられると、腰が勝手に跳ねてしまう。

「あ、あ、あっ……」

覚悟を決めて自ら望んでいたからか、この前よりも感じてしまう気がする。そんな瑞緒を久我がどう思うか、気が気ではない。慣れていないふりをして、本当は好きなんだろう、とか。自分から迫るような真似をしておいて今さらだけれど、誰とでもこんなことをする女だとは思われたくない。

窮地を救ってくれた久我だから、少しでも恩を返したいと思ったのだ。最初に条件として切り出したくらいには、この身に関心を持ってくれているなら、否はない。

それに……久我さんは信じられる。

ふいに抱きしめられたまま、身体が反転した。ブランケットが巻きついた瑞緒を組み敷いた久我は、無造作にそれを剝いで、呆然としている瑞緒からついでのようにワンピースを脱がせた。頭からワンピースが引き抜かれると、瑞緒が身に着けているのはブラジャーとショーツだけだ。ショーツのほうは歪《ゆが》んで、サイドが腰骨にかろうじて引っかかっている状態だった。

久我がベッドサイドの明かりに手を伸ばしたので、瑞緒ははっとして両手で止めた。

「そのままで！　あ、明るくしないでください……」

この薄暗さに助けられていたところも大きいと、明かりをつけられそうになって気づいた。

「……まあ、いいか。おまえのは見やすそうだしな」

その意味を察して動揺するよりも早く、ブラジャーが押し下げられて、乳房がこぼれ出た。胸を見られるのも初めてで、瑞緒は思わず顔を逸らす。

予期していた指ではなく、生温かく濡れた感触に、掠《かす》れた声が洩れた。先ほどさんざん瑞緒をキスで翻弄した舌が、今、胸に触れている。頂に向かって舐め上げられ、先端の粒をなぞられて、それが痛いほど硬くなる。

「……んんっ……」

瑞緒は声を抑えようと、指の背を噛んだ。

形を確かめるように唇で食まれながら、舌先で先端を擽られると、もどかしいような疼《うず》きが湧き上がってくる。身を捩った瞬間、背中のホックが外されて、乳房が弾む感覚にすらぞくりとした。

久我はブラジャーを取り去りながら、反対の胸を柔らかく揉みしだく。指の間に挟まれた乳頭が刺激されて、瑞緒は何度もかぶりを振った。

「どっちがいい？　触られるのと、舐められるのと」

「……わ、わかりませっ……あ……」

「嘘つきだな」

腹部を滑った指がショーツに潜り込んできた。そこは先ほどの比ではなくぬるついていて、そして蠢《うごめ》く指の感触がたまらなくて、瑞緒を惑乱に陥れる。

「なにを気に入って、こんなになってるんだろうな」

久我は手を下ろすようにしてショーツを脱がせ、瑞緒の膝を割った。

「やっ……」

反射的に手を伸ばしかけたが、

「やめるなら今のうちだぞ」

という言葉に、動きを止めた。

ここでやめたら意味がない。やめてほしいとも思っていない。

「……ちょっと……恥ずかしいだけです……」

身体を見られることも、自分の変化を久我に指摘されることも。でも、恥ずかしいけれど、嫌ではない。そして、たぶん瑞緒は昂《たかぶ》っている。初めての行為に。その相手が久我であることに。

力を抜いた瑞緒の脚が、左右に開かれていく。ほんのわずかな明かりに浮かび上がっているだろうそこに、痛いほどの視線が注がれている。とくん、と身体の奥が震えて、溢れ出すものを感じた。

「女は男よりもずっとごまかしが利くと思ってたが、そうでもないな……可愛いよ」

……え？

まさかそんな言葉が出るとは想像していなくて、瑞緒の胸は震えた。はしたない反応を揶揄《からか》われると思っていただけに、久我に気に入られたようで嬉しい。

「ひくついてるぞ。催促か？」

続いた言葉には返事もできず、口をパクパクさせている間に、久我が身を伏せてきた。

えっ⁉　そんな……。

「ああっ……」

しとどになっているそこを、蜜をすくい上げるように舌が滑った。襞《ひだ》を掻き分けて花蕾を捕らえ、擽るように撫で擦る。

「あっ、だめ、あっ、そんな……」

快感が強すぎて、そんな言葉を口走った。けれど、身体は貪欲に刺激を貪っている。舌先で捏ね上げられ、腰が淫らに揺れる。

ああ、どうしよう……もう——。

襲われるような絶頂を迎え、抑えようもなく下肢が跳ねた。全身に悦びを感じて、反芻《はんすう》するように身を震わせる瑞緒の目に、薄闇の中で顔を上げた久我が、口元を無造作に拭うのが映った。

この人にあんなことをさせて、いっちゃうなんて……。

申しわけないような、相手が久我で嬉しいような、複雑な気持ちだ。

久我の手が乳房に触れ、余韻に凝《しこ》っている乳頭を揉みほぐす。それを口に含まれて、疼《とう》痛《つう》を感じるほど吸われて、また尖ってしまう。

ちりちりとした疼きに瑞緒が奥歯を嚙みしめていると、久我は胸から下腹へと舌を滑らせていった。無毛の恥丘に舌が触れる。

え？　また？

「あの……、それはもう……」

なんて言ったらいいのだろう。それはもう終わりました？　次に進んでください？　瑞緒が躊躇《ためら》っている間に、久我は左右の指で秘唇を開いた。眼前に瑞緒の秘所が余すところなく晒《さら》されているのは、疑いようもない。

「何度だっていけるだろう、若いんだから」

「そういう問題では——あっ、あっ……」

花蕾を指でつままれ、瑞緒は嬌声《きょうせい》を上げる。

「さっきより感度が増したんじゃないか？　次はもっといいかもしれないぞ」

再び久我の舌で攻め立てられ、瑞緒は翻弄されながらも、深く大きな快楽に溺れていった。

◇

カーテンの向こうが薄く白み始めているのを、久我は横目で眺めた。

腕の中では、瑞緒が深い眠りに落ちている。片手が久我のシャツをしっかりと握りしめ、離れまいとするように額を押しつけていた。

……なんだかな。

瑞緒の眠りを妨げまいと呑み込んだため息は、ブレまくっている己に対するものだ。瑞緒に手は出さないと、初日に決めたはずだったのに。それだけではなく、極力顔も合わせないつもりでいた。

シュンの電話で駆けつけたものの、事情がわかった時点で引き返すことはできたはずだった。しかし心尽くしの食事と、それを用意した瑞緒の気持ちを無下にできなかった。

本当にそうか……？

久我の恩に報いるには、我が身を差し出さなくてはならないと、悲壮な覚悟を瑞緒がまだ持ち続けているのは、久我のスマートフォンに何度となく残された留守電で気づいていた。

食事をすれば引き止められる可能性も、薄々感じていたはずだ。それなのに――。

久我は視線を天井に移し、わけもなく睨みつける。

お世辞にも色気があるとは言えない未通娘のどこが、そんなに引っかかるのだろう。

身勝手な両親や、もろもろの欲にまみれた男の被害者を憐れんでいるのはたしかだ。もともとそういう弱者を放っておけない質ではある。

しかし、瑞緒は弱いとは言いきれない。あの土壇場で、先の保証もなく逃げ出すだけでも、芯はしっかりしている。

そして、偶然手助けした久我に恩義を感じて、なんとしても借りを返そうとするあたりは、瑞緒なりの筋を通そうとしていると思えた。

そうなんだよ、この子が俺に迫るのは、交換条件としてやらなきゃならないことだと思い込んでるからだ。俺に気があるわけじゃない。

外見だけでなく、気性も好ましいと思った相手は初めてで、だから瑞緒が貸し借りとしか考えていない誘いに、そうと知りながらも乗ってしまったのかもしれない。

——想像以上だった……。

無垢《むく》な身体が色づき、綻んでいくさまを目の当たりにして、人並み以上の経験を積んでいるはずの久我は魅了されるのを禁じ得なかった。自らに言い聞かせていたにもかかわらず、瑞緒を何度も啼《な》かせ、追いつめた。

それでも触れるだけで思いとどまったのは、瑞緒が久我に向ける信頼を裏切りたくなかったからだ。おかしな話だと思う。瑞緒にとっては交換条件を達成してこそ、ヤクザに借りを作ることもなく安心できるはずなのに。

「……ん……」

瑞緒がかすかな寝息を洩らし、久我のシャツをいっそう強く握りしめた。

これも久我と意識してのことではない。不安で心細いから、なにかにしがみつかずにいられないのだ。そばにぬいぐるみでもあれば、きっとそれを抱きしめているだろう。

それでも健気で愛しく感じて、守ってやりたいと思う。できれば、ずっと目の届くところに置いておきたい。

しかしそれは瑞緒を束縛することでもあり、極道の世界に引きずり込んでしまうことでもある。それはできない。たとえ結婚という形を取ったとしても。

むしろそこまでの責任を負う覚悟が、久我にはなかった。妻を守ることが、極道の世界ではどれほどむずかしいか——。

母が亡くなったのは、久我が八歳のときだ。その日、久我は知人家族とともに別荘へ出かけていた。揃って会合に出席していた両親が対立組織の襲撃を受け、身を挺して父を庇った母は、切りつけられて死んだ。

対面したのは翌日の夜で、布団に横たわる母は眠っているようで、そこに魂はないのだという現実感がなかった。

しかし次第に、この世界で伴侶を守ることのむずかしさを感じた。腕に覚えがある父でさえ、母を救えなかったことを思うと、そんな相手を作ることを躊躇してしまう。己の無力さを突きつけられるのも耐えがたいし、なにより自分の妻となったせいで命を落とすようなことになったら、悔やんでも悔やみきれない。

だから久我は結婚しない。

そもそも瑞緒だって、そんなつもりはないだろう。久我に差し出すのは、身体だけのつもりでいるはずだ。

なら、なおさら食っちまうわけにはいかねえ。

いつか安心してここを出ていって、地道で穏やかな人生を歩むのが、瑞緒にはふさわしい。彼女なら多少の波風も、持ち前の芯の強さと思いきりのよさで突き進んでいけるだろう。

そのときまで見守るのが、久我の役目だ。

小さく呻《うめ》いた瑞緒が久我の腕にしがみつき、柔らかな膨らみが押しつけられる。

……生殺しだな……。

数日後、金融会社の視察から帰宅した久我に、事務所番の組員から報告があった。近辺をうろつく不審な男がいたので、声をかけて訊ねたところ、探偵の張り込みだったという。

「浅川《あさかわ》調査事務所……？　どこの差し金だ？」

男から取り上げたという名刺をつまみ上げて、久我は首を傾げた。本職に張り込ませる組織はあまり聞かない。

「いや、それがそっち関係じゃなさそうで……守秘義務がありますからとかなんとか、てめえがやってることも顧みずに嘯《うそぶ》くんで、ほっぺたを撫でてやったんですわ」

「シロカネビューティなんちゃら……すんません、よく聞き取れなくて。こいつが撫でたときに、歯が二、三本飛んだんで」

シロカネ——奴か。

シロカネビューティプロフェッショナルは、大前が経営する総合美容サロンの名称だ。そこの社長なのがよほど自慢なのか、根っからのばかなのか、素性を隠すことなく調査を依頼したらしい。

こちらも相手のことは、とうに調査済みだ。久我は大前の個人携帯に電話をかけた。

【はい？】

見知らぬ番号からの着信に、少し警戒するような声が応えた。

「久我だ。午後四時に新宿《しんじゅく》のホテルガイアのコーヒーラウンジで。預けたままの荷物を返してもらう」

【えっ、く、久我？　荷物って——】

「ブライダルサロンに置いてきたバッグだよ。服はいい。いいけど、ガメるなよ？　ちゃんと処分しとけ」

それだけ言って通話を切った。

そして午後四時——。

久我は十五分前に席についていたが、大前は時間ちょうどに姿を現した。ハイブランドのショッパーを手にしている。

久我がビジネスマンスタイルでまとめているのを見て、大前はあからさまにほっとした様子で、向かいの席に座った。ヤクザ者と会っているところを、仕事の関係者に見られでもしたら、と懸念していたのだろう。

注文を取りに来たスタッフを待たせ、大前はメニューを手に迷っている。

「ブレンドもうひとつ」

久我がそうオーダーすると、不満そうな顔をしながらも頷いた。

なんだっていいだろ。お茶会しに来たんじゃねえぞ。

手提げ袋をテーブルの上で押しやってきたので、受け取って中身をざっと確認する。女物のバッグ、中身は財布とスマートフォン、化粧品など。

「たしかに」

頷く久我に、大前は視線を合わせずに口を尖らせた。

「急に呼び出すなんて……スケジュールの調整が大変なんだ」

マジでなんだ、この野郎は。喜色悪い。まさか拗《す》ねてみせるのが可愛いと思ってるわけじゃねえだろうな？

「そりゃあご苦労さん。けど、忘れ物に気がついたら、さっさと届けるのが筋ってもんだろう？　浅川調査事務所の奴は手ぶらだったみたいだから、こっちから連絡したまでだ」

調査事務所の名を聞いて、大前の目が泳ぐ。組員に見つかってシバかれたことは、まだ報告を受けていないらしい。

「おっつけ報告が行くだろうが、聞き取りにくかったら書面にしてもらえ。なんせ歯がいくつか飛んじまったらしいからな」

その言葉に、大前はぽかんとしていたが、やがて意味が呑み込めたのか頬を引きつらせた。

「お待たせしました」

運ばれてきたコーヒーを飲もうとして、カップとソーサーをカチャカチャ鳴らしている。

「無駄なことはやめろや。桐生の店は手に入ったんだし、これ以上欲張ると痛い目を見るぞ」

素人相手にやりすぎかと思ったが、まだ瑞緒を諦めていないなら釘《くぎ》を刺しておかねばならないと、身を乗り出すように膝の上で指を組み、睨みつけた。

大前は仰け反るように、椅子の背もたれに身体を押しつける。カップを持ったままだったので、中身がジャケットに跳ねた。

「おっ……思いどおりになると思うなよ。こっちだって、ヤクザの知りあいくらいいるんだから！」

声をひっくり返らせて言い返す大前に、久我は内心笑い出しそうになりながらも、表情を険しくした。

ヤクザが損得抜きに素人の肩を持つことはないが、この男は無知ゆえになにをしでかすか油断ならないと、気を引き締める。

「じゃあ、その知りあいによろしく言っといてくれ」

大前を残してラウンジを出た久我は、ホテルのパーキングで待機していた車に乗り込んだ。

「事務所に戻りますか?」

「ああ。いや――」

大前がなにをしでかすかわからないなら、こちらも万全を期すべきではないのか。マンションのセキュリティは高いが、隙がないとは言いきれない。瑞緒の安全を請け負っている以上、失敗は許されないのだ。

「高輪へ行く」

「承知っす」

シュンの声音が跳ねたのは、久我が瑞緒の様子を見に行くと思ったからだろう。先日、騙《だま》すように久我をマンションに呼び出したことを、叱責されて反省はしたが、どうやらまた画策していたようだ。おそらく瑞緒に泣きつかれてのことだろうから、久我が自主的にマンションへ向かうと知って、ほっとしたのだ。

それはそうと、瑞緒はどうしているのか。

……いや、どうって言うか……。

あんな関係になってしまったことを、そして久我をどう思っているのか。

まるっきり嫌だったってことはないよな？　そもそも、あっちから仕掛けてきたんだし
――けっこうよかったみたいだし。

翌朝の瑞緒の態度も、視線こそなかなか合わせなかったし言葉少なだったが、朝食を作って見送ってくれた。

恥じらいを含んだ朝の顔から、その前へと時間を遡って回想しそうになり、久我は吸いたくもない煙草を吸った。


玄関ドアの向こうに久我を見つけた瑞緒は、驚きの笑みを浮かべた。

「来てくださったんですね。あ、どうしよう、まだ食事の支度《したく》が……お待たせしてしまいますけど」

「メシはいい。身の回りのものだけ持って、車に乗れ」

「えっ……」

瞬時に瑞緒の顔が曇った。追い出されると思ったのだろう。案の定、久我に迫ってくる。

「置いてくれるって言ったじゃないですか！　この前、私がちゃんとできなかったからですか？　今度こそ最後まで――」

「ちょっ、玄関先でなにを言い出す！　山ん中の一軒家じゃねえんだぞ」

久我は瑞緒の口を塞ぎながら、玄関ホールに押し入ってドアを閉めた。息をつく間もなく、目に涙をためた瑞緒から手を離す。

「……私、途中からわけがわからなくなって……なにか失礼があったでしょうか？　気をつけますからもう一度――」

「ああ、そういうことじゃなくて！　住処を移動するだけだ。……泣くなよ」

「移動……？」

瑞緒が目を瞬いた弾みに、涙が頬を転がり落ちる。そんなものにまで目を奪われてしまう自分に気づいて、久我は先にフロアへ上がった。

「離れに住んでもらう。事務所の裏なんて気分がいいものじゃないだろうが、目が届いて安全だ。なに、間に母屋があるから、そうそうヤクザっぽいものが目に入るわけじゃない」

「なにかあったんですか？」

　廊下を後からついてくる瑞緒の問いに、久我は足を止めて振り返った。察しがいい。しかし、正直に答えていいものかどうか迷う。いたずらに脅えさせることになりはしないだろうか。

「大前に会ってきた」

「えっ……」

「おまえの荷物を返してもらいにな。あの様子だとまだ執着していそうだから、ひとりにしておくよりそばにいたほうがいい」

　瑞緒が用意したのは着替えと化粧品くらいで、手提げ袋ひとつに収まった。

「これだけでいいのか？　まあ、後からいくらでも取りに来られるが」

「はい——あっ、冷蔵庫！」

　瑞緒はキッチンに向かい、冷蔵庫から取り出した食材をてきぱきとまとめていく。

「そんなのは放っておけ」

「そういうわけにはいきません。置いていったらそのままで、いずれゴミになってしまうんでしょう？　美味しく食べられるのに」

　ふと、久我は亡き母を思い浮かべた。母もいい意味で倹約家で、大根の皮まで調理していた。

『ここも美味しく食べられるんだから』

母の声を思い出したのは、何年ぶりだろう。久我は口元を緩めて、食材が入ったビニール袋を手にした。

車の後部席に並んで座ると、シュンが満面の笑みで振り返る。

「瑞緒さん、一日ぶりっす。これからは日に何度も顔が見られるんですね」

「ばあか、減るんだよ。様子見に行く理由がねえだろうが」

「えー、そんなー」

「いつでも顔を見せてください。それより、これからもっとご迷惑をかけてしまうかもしれませんけど、よろしくお願いします」

「や、そんな水臭いっすよ。俺と瑞緒さんの仲じゃないすか」

「どんな仲だよ」

久我がシートを蹴ると、シュンは大げさに声を上げた。

第三章　甘やかされるよりも望むこと

久我組の事務所は芝《しば》の大寺院と東京タワー近くの、都内でも有数の一等地にあった。コンクリートの塀と、ポンチング加工されたジュラルミンの門扉で囲まれたシンプルな建物は、芸能人か富裕層のセキュリティに特化した住まいのようだ。

車が近づくと端のシャッターが開いて、そのまま敷地内に呑み込まれていく。

……ひ、広っ……！

この立地でこの土地面積は冗談のようで、瑞緒はウィンドーに顔を近づけた。事務所と思しき建物の横は、車が擦れ違えるくらいの広さがあって、さらに塀に沿ったガレージに高級車が並んでいる。

その奥に、背丈くらいの生垣に囲まれて、堂々たる二階建ての日本家屋があった。さらに生垣の向こうに、洋館風の家が建っている。

「……すごいお宅ですね……」

「場所が、だろう。原住民なんだよ。さすがに新たにここに居を構えようとは思わないし、お上が許さないだろうな」

久我はこともなげに答えるが、つまりは根っからの都会人ということで、両親ともに近隣県の一般家庭出身の瑞緒は、圧倒されるばかりだ。

「はい、到着でーす。お疲れっした！」

シュンの声と同時に、久我側のドアが開いて、その向こうに男がずらっと並んでいるのが、瑞緒の目に飛び込んできた。

「お疲れさまです！」

口々に野太い声を上げたのは、総勢六人。スーツだったり柄シャツだったりと服装はさまざまながら、誰も人相はいかつい。

……う、わ……。

彼らと比べると、車から降りてすっくと立った久我は、別世界のエリートセレブにしか見えない。

「ああ、ご苦労」

そのたったひと言に、深々と頭を下げる男たちを見ると、やはり久我は彼らの上に立つヤクザなのだと知らされる。しかし、いちいち動揺したり慄いたりすることはなかった。瑞緒なりに知り得た久我は、恐れる対象ではない。

「瑞緒さん、どうぞー」

シュンがドアを開けてくれて、瑞緒はおずおずと車から降りた。そう、問題は組員たちにどう思われるかだ。

久我さんの意思だからあからさまにいやな顔はしないだろうけど、厄介者でしかないよね……なんて挨拶したらいいの？　お邪魔します、でも邪魔にはならないようにしますので、とか？

自分でも頬の辺りが強張っているのを感じながら、瑞緒は久我の横に並んだ。

「瑞緒だ。今日から離れで預かる」

超がつくほどシンプルな紹介を受けて、瑞緒が口を開こうとすると、

「ああっ、すんません！　強面《こわもて》が雁首《がんくび》並べてりゃ、恐ろしいですよね。おい、下向け！」

右端にいたスーツを着崩した組員が、その他に向かって怒鳴りつけた。気を使ってもらったが、彼がいちばん迫力のある面相をしている。

「すんません！　美人さんで見惚れてました！　あ、大亮《だいすけ》って言います」

「俺は横井健一《よこいけんいち》です！　よろしくお願いします！」

「あっ、てめえら抜け駆けしやがって」

……あれ？　なんか……。

組員たちのやり取りを見ていると、殺伐とした空気は微塵《みじん》も感じられず、まるで大家族の兄弟が言い合いをしているようだった。両親に顧みられず兄弟もなく過ごしてきたため、

大所帯のノリが羨ましかった学生時代を思い出した。

「桐生瑞緒と申します。久我さ――わ……若頭には、大変お世話になって、その上、こちらでまた……お邪魔にならないようにしますので、どうぞよろしくお願いします」

考えてけっきょくありきたりな挨拶になってしまったが、組員たちは笑みを浮かべて頷いてくれて、瑞緒もつられてぎこちなく口元を緩めた。

「おおっ、笑ってくれたぜ、俺に！」

「ばか野郎、てめえを笑ったんだよ。顔に縫い跡なんかつけてやがるから。雑巾かよ」

やいやいと続く言い合いの中、久我は瑞緒の背中を押して歩き出した。荷物を持ったシユンが後をついてくる。

生垣に近づくと、石灯篭《いしどうろう》のほのかな灯りに日本庭園が浮かび上がった。菖蒲《しょうぶ》の花がシルエットで映る。

しかし、瑞緒には鑑賞する余裕などない。速くなる鼓動に内側から叩《たた》かれる胸を押さえるだけだ。

次はいよいよ組長にご挨拶だよね？　極道の流儀とかあるのかな？　でも私がするのもどうかと思うし……。

せめて手土産《てみやげ》くらい持参したかったと、突然マンションにやってきて瑞緒を連れ出した久我を、ちょっとだけ恨めしく思う。

そんなことを考えていると、久我は生垣の先にある数寄屋《すきや》門へは向かわずに、敷地の奥へ進んだ。

「あの、組長……さんにご挨拶は……」

久我は立ち止まって、瑞緒を見下ろす。

「それはいい」

「いいって、そういうわけにはいきません。お世話になるんですし――」

「親父に世話をしてもらおうとは思ってない。それに、しばらく不在だ」

「でも――え？　そうなんですか……お帰りはいつごろですか？」

そう訊ねて、ふと思う。まさか、お勤めというやつだろうか。そうならよけいなことを訊いてしまったと、瑞緒はあたふたする。

「定期的に検査入院をして、その後は決まって湯治場へ行く。今ごろは草津《くさつ》だな」

挨拶もせずに上がり込むのは気が引けるけれど、そういうことならしかたがないだろうか。

歩き出した久我の後に続き、敷地の最奥にある洋館の離れに到着した。離れといっても一般的な住宅よりも大きい。数段上がったところにある玄関ポーチは天然石があしらわれ、採光ガラスがはまった親子ドアは高さがある。

久我はドアを開けると、先に瑞緒を玄関フロアへ促した。

「わ……すてき。天井が高いんですね……」

「ふつうサイズだと圧迫感があるからな」

久我は長身だから、と納得しつつも、当然ながら注文建築なのだとため息がこぼれる。もしかしたら、名のある建築士の設計かもしれない。クラシカルなテイストながらも生活しやすそうだと、段差のないたたきを見るだけで思う。

「荷物、ここに置きますね」

壁に沿って設置されたチェストの上に荷物を置いたシュンは、ぺこりと頭を下げた。

「じゃ、俺は失礼します。お疲れっした！」

「あ、シュンさん、ありがとうございました！」

踵を返したシュンをポーチまで出て見送っていると、久我に呼ばれる。

「瑞緒！」

「は、はい！」

慌てて玄関の中に戻りながら、そういえばいつの間にか呼び捨てられているな、と思う。最初は、おまえとかそっちとか言われていたはずだけれど、当たり前のように名前を呼ばれるので、違和感がなかった。

なんか……嬉しいな……。

少し距離が縮んだというか、久我のそばにいるのを認められたような気持ちになる。

とはいっても、瑞緒が厄介者であるのは間違いなく、そばに置いてもらえる限りは久我に尽くそうと、改めて心に誓った。

「家の中を案内しておく」

靴を脱いで先に立つ久我の後を、瑞緒は追いかけた。

尽くすっていっても、あまり役立てそうな感はないのよね……。

時間を持て余していたので、マンションでは掃除ばかりしていた。久我が来たら食べてもらおうと料理も欠かさなかったが、けっきょく食べてもらったのは一度だけだ。

しかしこれからは、久我もここで寝起きするのだろうから、朝晩の食事は任せてもらえるだろうか。

「ここがリビング、向こうのスライドドアを開けると、ダイニングとキッチンがある」

広々としたリビングは一面が掃き出し窓になっていて、外はテラスのようだ。日中は日差しが溢れるのだろう。

背もたれの高いレザーソファは、寝られそうなくらい座面がゆったりしていた。久我はその横を通って、スライドドアを開け放つ。

ダイニングキッチンでは、一枚板の広いテーブルとチェアが設えられ、美しい杢《もく》を見せていた。キッチンスペースとの仕切りを兼ねるカウンターは高さがあり、天板は大理石が張られている。

見えない収納というのだろうか、壁と見まがう作りつけの扉や抽斗《ひきだし》を開けると、食器や調理器具だけでなく冷蔵庫のような大物まで収められていて、瑞緒は開けるたびに驚きの声を上げた。

「でも、あの……新品ですね。使ってもいいんでしょうか？」

冷蔵庫にはビールやチーズなどが入っていたけれど、鍋類やほとんどの食器が使われた形跡がない。

「料理の趣味はないから、そのままになってる。好きに使え。ひととおり揃ってるはずだが、足りないものがあれば言えばいい」

そう言って肩を竦《すく》めた久我に、瑞緒は首を振った。

「充分すぎます。このオーブンはガスですよね？　パワーがあるから、ピザも美味しく焼けそう」

「ピザなら石窯じゃないのか？　庭の隅にでも作るか」

さらりとそんなことを言われて、瑞緒は返事に窮した。

冗談？　でも、久我さんならすぐに発注しそうな気もする……とにかく止めておいたほうがよさそう。

「いいえ、そこまでする必要はないです！　お店なみにたくさん焼けちゃいますよ――あ、でもそうしたら組員さんたちも一緒に食べられますね――」

久我が嫌そうな顔をする傍らで、瑞緒ははっとした。

「住み込みの組員さんがいらっしゃるんですよね？　シュンさんに聞きました。その方たちのお食事はどうしましょう？　お洗濯とかも」

厄介になるのは久我の自宅だが、同じ敷地内にいる以上、組員にも世話をかけることは間違いない。

「大きいお鍋があったほうが――」

「ちょっと待て」

心の声を洩らしながら思案する瑞緒に、久我が呆れ顔で口を挟んだ。

「俺は寮母を雇ったつもりはないぞ。奴らの世話は考えなくていい。今だって自分らでやってるんだから不要だ。俺のメシも気にしなくていい」

「そうはいきません！　他にできることが――」

そう言いかけて、はたと気づく。そうだった。そもそも条件として出されたのは、瑞緒が久我の女になる――つまり愛人の務めを果たすことだった。

しかし久我は今ひとつ乗り気でなく、焦った瑞緒が実力行使に及び、先日ようやく同衾《どうきん》に持ち込んだ。

でも……途中までだったんだよね……。

瑞緒のほうは久我の手練手管に翻弄されて、何度となく上りつめさせられた。精魂尽き果てながらも続きをせがんだのだが、わかったわかった、とあやすように背中を叩かれて――寝落ちしてしまった。

なんたる醜態……いや、今さらだけど！　しかも、それについても、久我さんは翌朝全然触れてこなかったっけ。

そして今に至るということは、久我は瑞緒のそっち方面はお気に召さなかったと、そういうことなのだろうか。薄々そんな気がしていたので、瑞緒は料理だの洗濯だのという家事で巻き返しを図るべく、今、張り切っているのかと自己分析してしまう。

「なにかしてほしくて、そばに置いてるわけじゃない。坂道を転がり落ちていくとわかってて、見捨てるのも後味が悪い……それだけだ」

やはり久我は同情と憐みで瑞緒を保護してくれているだけのようだ。思いのほかに気落ちしている自分に気づいて、瑞緒は内心かぶりを振る。

それでも！　久我さんにお世話になってるのは事実だもの、できることはなんでもして、少しでも役に立たなきゃ。

翌日、あり合わせの食材で朝食を作り、久我を送り出した瑞緒は、キッチンを片づけてから二階へ上がった。

お天気もいいし、シーツを洗っちゃおう。

二階には四部屋あって、瑞緒用にと個室を与えられたが、そこでは着替えをしただけで、荷物も片づけていない。今朝も素通りして、最奥の主寝室へ向かう。

マンションの部屋と同じくキングサイズのベッドが置かれた主寝室で、瑞緒も久我と一緒に休ませてもらった。

挫《くじ》けてはいけないと、風呂上がりに忍んでいったところ、久我は微妙な表情をしながらも隣を空けてくれたので、そこに横たわったのだ。しかし待てど暮らせど動きはなく、いつしか久我の寝息が聞こえてきて、瑞緒はため息を呑み込んで目を閉じたのだった。

はっきりいって久我の施しに対し、瑞緒はなにひとつ返せていない。それが心苦しいし、なんとなく——せつない。久我にはすごく感謝している。それを伝えたいのに手段がない。

「よっ、っと！」

瑞緒はシーツとカバー類を引き剝がし、階下へ運んだ。

とにかく、できることをするしかない。もちろん閨事《ねやごと》も含めて。まるで相手にされていないわけではないのだから、瑞緒の努力次第で先に進めるかもしれない。

洗濯機を回している間に、バスルームの掃除をする。バスルームに限らず、この家は掃除が行き届いていると、トイレやキッチンを使って思った。

久我さんが……？　いや、組員さんとか。業者さんが入ってるのかな？

だから、日常的な掃除をしただけで済んでしまう。トイレ掃除の後に掃除機をかけて、洗い上がったシーツなどをテラスに干していると、エプロンのポケットでスマートフォンが呼び出し音を響かせた。シュンからだ。

『おはようございまーす！　玄関にいるんで、開けてもらっていいっすか？』

「えっ、あ、はい！」

急ぎ玄関に向かってドアを開けると、アロハシャツにツンツン頭のシュンが、大げさに驚く。

「ややっ、いーっすねえ、エプロン！　なんかもうすっかり姐《あね》さんって感じ」

「あ、あねさん？」

この場合の漢字は、やはり「姐」なのだろう。

「そんな！　私なんて全然！　ただの居候ですから」

「えー、一緒に仲良く住んでるじゃないですか。このまま成り上がっちゃいましょうよ！うちの組も華やかになって、ｗｉｎ－ｗｉｎってもんっす」

いや、久我さん的にはｗｉｎじゃないし……だいたい私に務まるわけがないし。

シュンは久我が瑞緒に手を出していると思っているのだろう。愛人にすらなれていないと吐露するわけにもいかず、瑞緒は話を逸らす。

「そ、それよりなにか？」

「あ、そうだった。後で銀座《ぎんざ》までお連れしますんで、支度しておいてください」

「銀座ですか？　食料品の買い出しなら近くのスーパーに連れていってもらえれば――」

保護されてからひとりで出かけるなと言われていたので、シュンには何度か買い出しにつきあってもらった。高輪もここも都心の高級地ではあるが、銀座まで足を延ばさなくても買い物はできる。

「いやいや、カシラからの言いつけで。待ち合わせ場所までお連れしますよ」

久我がそう言ったなら、従う以外にない。

金座で久我と待ち合わせというワードだけで、目的は定かでないのに胸が弾む。瑞緒は残りの家事を急ぎ済ませて、支度をした。といっても、ファストファッションのショップで買ったブラウスとスカートという格好だ。

ウェディングドレスで遁走《とんそう》した瑞緒は、保護されてから必要最低限の衣料を買ってもらった。その後、久我がバッグを取り戻してくれたので、自腹で買い足そうかと考えていたところだ。自宅に戻れば服はいくらでもあると迷っていたが、こんなことなら外出着の一枚も買っておくのだったと、今さら後悔する。

久我さんに恥をかかせるようなことにならなければいいんだけど――。

シュンが運転する車の後部席に座ると、門の前で組員が一列に並んで送り出してくれた。

野太い声の強面に見送られて、瑞緒は恐縮至極だ。

「ありがた迷惑って感じっすか？　でも、全然悪気はないんすよー。もちろん嫌がらせでもないっす」

「あ、はい、それはもちろん。なんだか申しわけなくて」

「そんなことないっす。昨日お迎えして以来、瑞緒さんは事務所で大人気ですから」

「えっ、まさか」

「いや、マジで」

ルームミラーで目を合わせたシュンが、大きく頷く。

「みんなカシラに心酔してるんで。俺を含め、半端な奴らをすくい上げてくれたのがカシラなんす。そのカシラが連れてきたのが瑞緒さんですから、そりゃあもう天女さまも同然っすよ」

自分はそんな持ち上げられるような者ではないと肩を竦めながらも、久我が組員にとって尊敬の対象なのは理解できた。

「慕われているんですね……」

シュンが路肩に車を停めたのは、銀座の老舗《しにせ》デパートの前だった。後部席のドアが外から開けられて、顔を上げるとスーツ姿の久我がいた。

うわ、カッコいい……。

ダークカラーのワイシャツがビジネスマンには見えないが、誰の目にもイケメンのデキる男に映るだろう。気後れする瑞緒を、手を伸ばして車から降ろした久我は、シュンに「連絡したら迎えに来い」と言い置いてドアを閉めた。

そのまま手を引かれて歩き出した瑞緒は、場所柄もあって多くの視線を浴びて及び腰になる。こんなにすてきな久我の連れが自分では、台なしだ。

「どうした?」

「いえ、あの……すみません、こんな格好で……」

久我はふっと笑って、瑞緒の背中を抱いた。それを見ていたのか、近くで若い女性の声が上がる。

「べつにどこも変じゃないけどな。まあ、服を気にしてるならちょうどいい。買い物につきあえ」

そのままデパートの中へ入っていきながら、瑞緒は回らない頭で考えた。カップルが互いの買い物につきあうのはよくあることだ。しかし自分たちはデートではないし、そもそもカップルでもない。それに瑞緒は、男性の買い物につきあった経験もなく、アドバイスを求められても「なにを着てもカッコいいです」としか言えないだろう。

「まずはこの辺りか?」

久我が降り立ったのは婦人服のフロアで、若い女性に人気があるブランドショップへ足を踏み入れた。戸惑う瑞緒を尻目に、ハンガーにかかったワンピースや、棚に並んだトップスなどを手に取っている。

あ……もしかして、女性へのプレゼントかな？　だから私を呼び出したとか。

それなら少しは役に立てるかもしれない。少しだけ冷静さを取り戻していた瑞緒に、アースカラーのワンピースが押し当てられた。

「悪くない。どうだ？」

「あ……はい、すてきだと思います」

そう答えると、久我は頷いてサイズ表示を確認した。

「Mでいいんだな？」

「はい――えっ？」

「なんだ、意外とLなのか？　これのサイズ違いは――」

店のスタッフに訊ねる久我に、瑞緒は慌てて声をかけた。

「ま、待ってください！　あの、私……ですか？」

「わざわざ同行させて、他に誰の服を買うんだ」

「お連れさまでしたらMサイズでよろしいかと」

「ああ、じゃあこれで。他は――」

私の服なの？

瑞緒が呆然としている間に、久我は瑞緒に合うトップス二着とボトムス一着を選んで、早くも会計をしていた。

「……ありがとうございます。すみません、こんなにたくさん」

ショップを出て、ショッパーを受け取ろうとした瑞緒の手を、久我は軽く避けた。

「いい。荷物持ちくらい任せろ。次は――」

「もう充分です！」

「は？　まだまだ足りないだろう」

靴やバッグの店を含めて十軒ほどを回り、さすがに久我も荷物を持ちきれなくなったのか、シュンに電話をかけながらデパートの出口へ向かった。

「わー、見違えましたよ！　やっぱお洒落した女性はすてきっすね」

車を降りて瑞緒を絶賛した――買い物の途中で上から下まですっかり着替えていた――シュンは、荷物をせっせとトランクにしまい込んでいく。

「俺のセンスがいいからだろ」

そのまま帰宅すると思いきや、久我はまたしてもシュンを見送り、瑞緒を促した。

「メシを食っていこう」

「えっ……」

思わず訊き返した瑞緒を、久我は見下ろした。

「支度はまだだろう？　たまには人が作ったもんを食ってゆっくりしろ」

「それは……そうですけど……はい」

これでは本当にデートみたいだ。それとも一緒に生活している女性が安臭い服を着ているのが嫌なのか、完食してくれていた手料理が本当は口に合わなかったのかもしれない。

そう思いながらも、浮き立つ心が抑えきれない。ただでさえ久しぶりの買い物は、若い女性である瑞緒にとって、やはり気分がアガるものではあった。他の服にも袖を通すのが楽しみだ。

私も久我さんを楽しませたり、喜ばせたりしたい。

連れていかれたのは、新橋に近い懐石料理の店だった。個室に案内された瑞緒は、初めての体験に辺りを見回す。

「ようこそいらっしゃいませ。カシラ、ご無沙汰しております」

和服姿も艶やかな女将《おかみ》と思しき女性が、襖口《ふすまぐち》で三つ指を突く。

「ご来店と伺って、板長も張り切っておりますわ」

「てきとうに任せるよ。あと、冷酒」

女性は瑞緒にも微笑《ほほえ》んで、ごゆっくり、と下がった。

「ここは刺身が美味い。今の時期なら鱧《はも》が出るかもしれんな。好き嫌いはあるか？」

問われて瑞緒は首を振った。

「好きです。鱧は食べたことがありませんけど。よくいらっしゃるんですか？」

「たまにな」

こういうところの料理を食べ慣れているなら、瑞緒の出すものなど口に合わなくても無理はない。

先付けとともに冷酒が運ばれてきて、瑞緒は切子《きりこ》の銚子《ちょうし》を手に取った。久我の猪口《ちょこ》に冷酒を注ぐと、久我が銚子に手を伸ばしたので、恐縮しつつ注いでもらった。

先付けは冷やし茶碗蒸し、アワビの味噌がけ、湯葉と生ウニ、鱧の煮凝《にこご》り、加茂《かも》ナスのゴマクリームがけなど、見た目も美しく、味も際立っていた。

瑞緒はひと口ごとに、唸《うな》るようなため息を洩らしてしまう。自分の手料理など端から勝負にならないので、純粋に料理を楽しんでいた。

「美味しいです、とても」

早々に空いた瑞緒の皿と比べ、久我はわずかに箸をつけただけで、冷酒を飲んでいる。

「あ、すみません、私ったら食べるのに夢中で……」

銚子を取ろうとしたが、久我に制された。

「いい、勝手にやるから。それより、こっちも食え」

先付けを押しやられて、一度は固辞したものの、久我はもう食べるつもりはないようなので、瑞緒は箸を伸ばす。

だって、残したらもったいないし、申しわけないし……あー、美味しい。

襖が開いて、仲居が新しい銚子と皿を運んできた。

「お茶です。どうぞ――」

「あ、ありがとうございます」

瑞緒の前に湯呑が置かれた。久我が頼んでくれたのだろうかと、そっと窺《うかが》うと、猪口を口に運びながら笑みを浮かべる。

「無理に飲ませるつもりはないからな」

「すみません――これは？」

小鉢に盛られた小粒のジャガイモに、オレンジ色のつぶつぶがかかっている。茹《ゆ》で卵の黄身かと思ったが、違うようだ。

「一度褒めたら必ず出てくるんだ。茹でたジャガイモに、カラスミのすりおろしがかかってる。シンプルだけど、なかなか美味い」

久我はジャガイモを指先でつまみ、口に放り込むと満足げに頷いて、猪口を呷《あお》る。食べてみろと促されて口に運ぶと、驚くほど濃厚で味わい深い。

「美味しいです！」

「そりゃあよかった」

小鉢も押しつけられ、瑞緒は遠慮なく珍味を味わった。

作り方は簡単そうだよね。あ、カラスミが高級品か。ス、スーパーに売ってるのかな。

その後も出てくる料理を堪能し——鱧のてんぷらもあった——、デザートの白桃を食べ終えたときには、身も心も満腹になっていた。

「いい食べっぷりだ」

久我の言葉に、はっと我に返る。

「私ったら遠慮なしで……」

「いや、せっかく連れてきたんだから、腹いっぱいになってもらったほうがいい。それに、奴らよりはよほど少食だしな」

さすがに組員さんたちと比べられてもと思う。

「組員さんたちにご馳走《ちそう》したりもするんですか。シュンさんが言ってましたけど、皆さん久我さんを慕ってるんですね」

食事が済んだのを見計らって、久我が初めて煙草に火をつけた。

「進んでヤクザになりたがる奴は少ないだろう。それでも己を預けてくれた以上は、応えたいと思う。これでよかったとはいかないまでも、悪くないと思える暮らしをさせてやりたい」

久我がそんな気持ちでいるから、組員たちも朗らかで親しみやすいのだろう。

「正直なところ、組事務所とか極道の人とか、どんなふうなのか緊張していたんですけど、皆さん明るくて、大家族みたいだなって。久我さんが上に立っていらっしゃるからなんですね、きっと」

瑞緒は感じたままを口にしたのだが、久我は居心地悪そうに煙草を吹かした。

「性分なんだよ。犬猫だろうと人間だろうと、迷ってるのを見たら放っておけない」

なるほど、それなら瑞緒を保護してくれたのも理解できる。けれど——犬猫と同じなのか……。舎弟にもご飯を食べさせているなら服も買ってあげているのかもしれない。瑞緒が特別なわけではないのだ。

……俺の女になるなら、って言ってくれたのに。

あの場を収めるための方便だったのかもしれない。とにかく借りは膨大だ。

いったい何をしたら久我は喜んでくれるのだろう。

料亭を出ると、シュンが車で迎えに来ていた。先ほどのセダンではなく、大きなワンボックスカーだ。

「土産だ」

大きな紙袋が、料亭のスタッフによって助手席に運ばれる。

「あっ、もしかして黄身しぐれっすか？　わーい！　あざーす！」

ホクホク顔のシュンが車を走らせる。こんな心づかいが、久我が組員たちを大事にしていると感じさせた。

ふと気づくと、車は都心を離れようとしていた。戸惑いの目を向けた瑞緒に、久我が口を開く。

「経堂《きょうどう》へ行く」

「えっ……」

経堂は瑞緒の自宅マンションがある場所だ。

まさか……家に帰されるの？　そんな……。

「ま、待ってください！　帰りたくありません！　だって……ひとりでいたらあの人が来るかもしれないし――」

大前に押し入られるのではないかという不安もあったけれど、なにより今の瑞緒は、久我のそばを離れるなんて考えられなくなっていた。なにひとつ恩を返せないままでいいはずがない。いや、それよりも――。

「なにを焦ってるんだ」

呆れ顔の久我に言われて、瑞緒はなおも言い返そうとする。とにかく帰りたくない。

「荷物を取りに行くだけだ。必要なものをピックアップすれば、後はシュンに運ばせる」

――え……？

呆然とする瑞緒に、信号で車を停めたシュンが、「任せてください！」と振り返った。

「せっかく鍵を取り返したんだ。買い換えて済むものばかりじゃないだろう？」

「……あ、はい……ありがとう、ございます……」

「そんなに脅えなくても、追い出したりしない」

ふっと笑われ、瑞緒は自分の思い違いに頬が熱くなった。それに追い出さないと言われたことに、心からほっとしてもいた。

自宅マンションの中は、しばらく無人だったせいか空気の淀みが気になって、瑞緒はまずリビングの窓を開けた。

「どうぞ――ここでお待ちいただけますか？　あ、コーヒーでも――」

「いいから、準備しろ」

久我とシュンにソファを勧め、追い立てられるように自室に向かおうとした瑞緒は、シュンの声に振り返った。

「うわー、これ瑞緒さんじゃないすか！　カッコいい！」

シュンが見ていたのは、棚に飾られていた瑞緒の写真だ。チアリーディングのコスチュームでポーズを決めている。

「わわわ！　そんなのは見ちゃだめですって！」

瑞緒が止めに入るより早く、久我が近づいて覗き込んでいる。

「おー、これか。うん、なかなか」

「そうっすよね！　脚長っ！」

「私なんか、ちんちくりんで！」

いいから行けと追い払われて、瑞緒はしかたなく自室で荷物をまとめた。

数週間ぶりの自室は、懐かしさよりも違和感を覚える。あれもない、これもないと思っていたのに、いざとなると必要を感じられず、お気に入りの服を詰めるだけで、旅行用キャリーケースひとつに収まってしまった。

人並みに物欲や執着もあるつもりだったけれど、私物ですら絶対必要だとは思えない。ましてやそれ以外は、実家そのものにもこだわりを感じなかった。

突然の他界で仏具の準備もままならず、一時的に自室の棚に安置しておいた両親の位牌《いはい》に、瑞緒は目を向けた。一時はその前に座り込んで泣き暮らしていたというのに、今はあまり感慨もない。それはおそらく今日までの間に、父と母を客観的に捉えられるようになったからだろう。

いわゆる毒親とまでは思わない。衣食住を満たされて育てられ、充分な教育も受けさせてくれた。しかし両親がいちばん大事にしていたのは仕事で、瑞緒はそのための駒だったと知ってしまった。

不思議だな……悲しくないわけではないけど。

ただ、両親にとって瑞緒がそういう存在だったのなら、未練の持ちようもない。

「……行ってきます」

位牌はそのままに、瑞緒はそう声をかけて部屋を出た。

キャリーケースを持ってリビングに引き返すと、シュンが首を傾げる。

「あれれ、それだけっすか？　デカい車ですから、もっと載せられますよ」

「いえ、服くらいしか必要なものはないので」

「まあ、そう言うならそれでいい。思いついたらまた取りに来ればいい」

「あっ、アレは持ちました？　あの服」

シュンが指さしたのは、件の写真だ。

「は⁉　もう着ないし！」

思わずタメ口で言い返してしまい、瑞緒がはっと手で口を隠すと、シュンが両手の握り拳を振る。

「えーっ、着ましょうよ。カシラも見たいっすよね？」

「ああ、まあ」

まったくそんな気はなさそうに、しかし瑞緒を狼狽《うろた》えさせるためだけに、久我も同意している。

「着ませんし、持って行きません！　荷物は以上です！　行きましょう！」

数日後、久我を送り出して、いつものように掃除や洗濯をしていた瑞緒の耳に、聞き慣れない音が飛び込んできた。母屋のほうからだ。

二階のベランダから身を乗り出すと、母屋の庭が手入れされていた。初老の庭師がふたり、危なげなく梯子《はしご》をかけて、松の枝を剪定《せんてい》している。快晴を通り越してカンカン照りなので、日に焼けたしわ深い顔に汗がしたたっていた。

「お疲れさまです。冷たいものでもどうぞ」

冷茶と水ようかんを盆に載せて、瑞緒は生垣越しに声をかけた。

「いやあ、こりゃありがたい。おい、休憩しようや」

離れに近い側に枝折戸《しおりど》があったので、瑞緒はそこから庭に入った。離れの二階からや生垣の外を通りざまに眺めていた庭は、こうして見るとまた雰囲気が違う。

「おしぼりまで……おお、生き返るな」

縁台に腰を下ろした庭師が、おしぼりで顔を拭ってため息をつく。

「暑くて大変ですね」

「なんの、仕事をいただいてるのに文句を言っちゃ、罰が当たるってもんです」

日本庭園に不案内な瑞緒の質問に、庭師が答えてくれる形で歓談していると、数寄屋門の格子戸《こうしど》が開いて、両手にコンビニの袋をさげた組員が声を上げた。

「あれっ、姐さん！」

たしかシュンと同い年で、事務所の二階に住み込んでいる加瀬林《かせばやし》だ。

「「姐さん⁉」」

瑞緒と庭師は声を揃えて訊き返した。

「いやあ、姐さんでしたか。こいつはご無礼を。てっきりお手伝いさんかと――あ、いや、失礼」

「いいえ、そんな……」

「組長さんの、じゃねえですよね？　そうか、カシラの」

「いいえ、あの――」

瑞緒がどう答えればいいのか迷っている間に、問題発言をした加瀬林は、縁台に荷物を置いた。

「うわ、さすがっす姐さん。優しいなー。これも買ってきたんで、よかったらどうぞ」

「その姐さんっていうのは困ります」

庭師が加瀬林と瑞緒の顔を見比べる。

「なんだ？　違うのか、加瀬坊」

「あー、秒読みなんすよ。フライングしたっていいっしょ？」

「祝い事だからな。姐さん、今後ともよろしくお頼み申しますよ」

姐さんどころか、愛人にすらなれてないのに……久我さんに迷惑がかかっちゃう……。

姐、つまり久我の妻の座など望んではいないし、そもそもそんな器ではないとわかりきっている。だいたい久我だって考えてもいないはずだ。

しかしここに住まわせてもらっているということは、そう思われても無理はないのだろうか。逆にいえば、久我はかなり反則的な行動を起こしてまで、瑞緒を守ってくれようとしている。

申しわけない……お手伝いさんだと思われてるほうがずっといい。庭師さんだけじゃなくて、組員さんたちもそう思ってくれればいいのに。

お茶の盆を下げながら、今夜こそは、と瑞緒は心に誓った。

そう、ここに引っ越して早や一週間が過ぎようとしているのに、瑞緒と久我の関係は一向に進展していない。同居すればさすがにと思っていたが、久我に先に眠られたり、久我の帰宅が遅くて瑞緒のほうが寝落ちしてしまったりと、同じベッドで清く寝起きする日々が続いていた。

挫けるな、私！　今夜は絶対久我さんの愛人にしてもらうんだから！

その夜――。

入浴を終えた瑞緒は、二階の主寝室へ向かった。明かりはベッドサイドをほのかに照らす程度に絞られていて、ベッドの片側がブランケットで膨らんでいる。

久我の眠りを妨げるのは申しわけないけれど、しかし、ここで諦めてはいけない。

そもそも本当に眠ってるかどうか……。

これまでも狸寝入《たぬきねい》りだったのではないかという気がしている。

そっとベッドに近づいた瑞緒は、意を決してブランケットの膨らみに覆いかぶさった。

「……場所がずれてるぞ」

「ここでいいんです」

横向きに寝ていた久我は、瑞緒の体重をものともせずに、仰向けになった。息が届きそうなほど間近で、久我の口端が上がる。

「……しかたない、譲るとするか」

「そうじゃありません！」

瑞緒の下から抜け出そうとする久我を、両手で押さえ込む。

「……して、ください……」

曖昧な言葉や態度では躱されてしまう。どストレートに要求するしかない。

「懲りたんじゃなかったのか」

「いいえ！　……ていうか、まだ途中じゃないですか」

久我は揶揄うように瑞緒の顔を覗き込んだ。

「もうだめ、無理――って、言ってたけどな」

「そ、それは……あまりにも気持ちよくて……――ひゃっ……」

ごまかさないと決めていても言葉尻が消えそうになったが、太腿から尻を撫でられて声を上げた。

「そうか。また気持ちよくなりたいってことだな」

気合いを入れて、このために購入したナイティーとショーツは、隠す気があるのかというほど薄い素材だ。数日前にシュンに買い物に連れていってもらい、吟味を重ねつつもレジを通すのに勇気がいった品だ。

ナイティー越しに久我の体温が伝わってきて、ある意味直に触れられるよりもドキドキしてしまう。

ひと撫でで裾をたくし上げた指が、太腿を這い上がってくる。

……訂正！　やっぱりナマは違う！

張りつくような感覚は、瑞緒が汗ばんでいるせいだろう。臭わないかと気が気ではない。

「いい匂いだ」

「そっ、そうですか！　マンダリンオレンジのオイルをお借りしました！」

首筋に鼻を押し当てていた久我が、くすりと笑う。

「人によって香り方が違うな」

左右の太腿を摑んだ手に開かされて、瑞緒は脚で久我の身体を挟むような体勢になった。太腿を揉むように撫で回され、瑞緒は狼狽える。勝負下着として選んだそれは、節約の極みのように面積が小さい。チアリーディングのコスチュームのために、Tバックも穿《は》き慣れている瑞緒だが、日常生活では身に着けることがなかった。

ただでさえ大股開きのところに、あちこち撫で回されて、柔なショーツは秘所に食い込む。それを知ってか知らずか、久我がヒップを摑むように揉むので、瑞緒はもぞもぞと腰を揺らした。

もはや中心を覆うだけの細い布に、久我の指が絡む。瑞緒の肌から離すようにすっと指を動かし、露わになったそこに触れる。

「あっ……」

予想していた以上に潤んでいた襞をなぞられて、瑞緒は久我の喉元に顔を押しつけた。自分の息が熱い。

「よく濡れてる……」

実況なんかしないでっ……！

蜜を絡めた指が花びらを弄ぶ。前方に伸びた指は花蕾を捕らえて、小刻みな振動を送り込んでくる。

「あ、あっ……」

容易く上りつめそうになった瑞緒の耳朶《じだ》を、久我が軽く噛んだ。

「早すぎる。もっと愉しめ。気持ちよくなりたくて来たんだろう?」

「あ、やっ……だって——んっ、あっ……」

瑞緒はしゃくり上げるように腰を揺らし、達した。自分でも呆気ないと思ったけれど、悦《よろこ》びは大きくて鼓動が胸を叩く。その先端で乳頭が硬く尖っているのを感じ、わずかな動きにも疼痛が響いた。

「じゃあ、次はもっとゆっくりだ。こっちで——」

水音を響かせて、指が動く。忍び込んでくる感触に、瑞緒は息を詰めた。そこを弄られるのは初めてではない。最初のときこそ緊張に強張りはしたが、久我の愛撫は終始優しく、それでいて瑞緒の反応を捉えていたので、快感を得るものだともう知っている。

「……んっ、……あ、あ……」

内壁を探られ、ときに強く擦られ、媚肉《びにく》はそれに応えるようにうねり出す。内側だけでなく腰も妖しく揺れてしまい、耳元で含み笑いが響いた。

「覚えが早い。好きこそものの、ってやつか」

言外に淫らだと言われた気がしたけれど、久我の声音が満足げだったので、瑞緒は愛撫

に身を任せた。久我に気に入られなければ話にならない。

片手が薄いナイティーの上から乳房を摑んだ。検討の末にブラジャーは着用しなかったので、久我の指は迷うことなく乳頭を刺激し、瑞緒は背筋を反らした。胸元のリボンが解かれ、手が深く潜り込むように腰を押し上げられた。

「ああっ……」

露わになった乳房が久我の眼前で揺れ、伸ばした舌が先端に絡みつく。ちりちりとした疼きが二の腕まで伝わって、自分の身体を支えられない。押しつける形になった胸を柔らかく食まれ、乳頭を吸われて瑞緒は何度もかぶりを振った。

ふいに鮮烈な感覚に襲われて、あられもなく腰を振る。久我の指を包む肉が、忙しなく慄く。

「……ま、待って……なんか――あっ……」

愛撫が心地いいことは知っていたけれど、こんな切羽詰まったような感覚は初めてだった。絶頂を迎えそうな予感に、瑞緒は戸惑う。

すでに瑞緒自身よりもその身体を熟知している久我は、的確に瑞緒を追いつめていく。彼の指の動きを押さえ込むように、逆に唆《そそのか》すように、媚肉がうねる。

「あああっ……」

はしたなく腰を振り立てて、瑞緒は悦びを享受した。びくびくと身体を震わせて、無意識に絶頂を反芻する。

……すごい……エッチってこんなに気持ちいいの……？

久我と寝るたびにそう思っていたけれど、毎回上書きされていく。久我を受け入れたらどうなってしまうのだろう。

久我の上でぐったりとした瑞緒の下肢から、指が音を立てて引き抜かれた。水気を含んだ音にはっとして、思わず目を向けると、久我が見せつけるように舌を伸ばして、その指を舐めた。

「や、やめてください……」

「今さらだろう。うまくいけたようだし、ご褒美だ」

あっという間に体勢が入れ替わり、瑞緒は久我に組み敷かれた。袖を通しただけになっていたナイティーと、捩れて張りつくショーツを取り去られ、全裸になった瑞緒は、いよいよだと息を詰める。

しかし脚を大きく開かれ、その間に久我が顔を伏せる気配に、瑞緒ははっとして目を向けた。無毛のそこが薄明かりに浮かび上がって、今まさに久我が舌を這わせようとしている。何度となくされていることでも、視覚の刺激はすさまじい。

「も、もうそれはいいです。先に進んで――あっ……」

指を呑んでいた場所から先端までをひと舐めされて、走り抜けた快感に瑞緒は身を捩った。

「嘘をついてもすぐわかる。ひと舐めするたびに、奥から溢れてくるぞ。ここもこんなに膨らんで……好きだろう、こうされるの――」

舌と指で繰り出される刺激は抗いがたく、瑞緒は引き続き寝室に嬌声を響かせることになった。

そして――その夜も未遂に終わった。


なにがだめなんだろう……。

家事の合間に手を止めて、そう考えてしまうことがなんと多いことか。しかし、答えは出ない。

瑞緒に対して性的な興味がまったくない、ということではないように感じるのだ。瑞緒からせがんでその流れに持っていくにしても、その気がなければあんなに長時間は相手にしないだろう。しかも愛撫は献身的といってもいいくらい細やかで刺激的だ。昨夜は言葉でも煽《あお》られて、これまで以上に昂らされてしまった。

何度目かの絶頂に朦朧《もうろう》としていた瑞緒は、久我に操られるまま俯せて、シーツについた膝を大きく開かされた。そんな姿を久我は後ろから眺め、ときおり息を吹きかけたり、掠めるように指でなぞって、瑞緒の反応を事細かに言葉にした。

『また溢れてきたぞ。ああ、もう太腿を伝いそうだ』

『呼吸してるみたいにヒクヒクしてる。こんなところまで色白なのかと思ってたが、今はずいぶん赤い。熟した果物みたいに美味そうだ』

頭の中で再生される久我の声に、瑞緒は陶然と回想に耽りそうになって、はっとしてかぶりを振った。ぽーっとなっている場合ではない。この際、瑞緒の状況はどうでもいいのだ。けっきょく関係は停滞しているのだから、なぜ久我が先に進んでくれないのかということを検討しなくては。

もしかして……しないじゃなくて、できない、とか……？

そう思って、瑞緒は眉を寄せる。客観的に見ても、久我は男っぽくエネルギッシュなタイプで、身体能力も高そうだし健康的だ。必ずしも性的能力も比例するわけではないのだろうけれど。

……やっぱり、私にそこまでの魅力がないってことなの……私じゃ、た、勃《た》たない……とか……。

果たして久我の身体が反応しているのか、それもわからない。先日などは、久我の上に乗っていたにもかかわらず、自分のことで精いっぱいだった。

そういえば、服も脱がないよね……。

まったく拒絶されているわけではない。でも久我は先に進む気がないらしい。それならば、あの執着的な愛撫はなんなのかと思ってしまう。あと一歩なのに、的な。

けっきょく、瑞緒の魅力不足という結論になるしかない。

「瑞緒さーん！　こんにちは、シュンでーす」

玄関で響いた声に、瑞緒は用意していた大きめのトレイを手にした。所狭しとシュークリームが並んでいる。

「来てもらってすみません。これを皆さんで召し上がってもらおうと思って」

トレイを受け取ったシュンは目を瞠った。

「マジで作ってくれたんすか？　うっわー、美味そう！　お菓子も作れちゃうんすね。もう争奪戦間違いないすよ。俺、絶対二個食おうっと」

「お口に合えばいいんですけど」

「合います、合います。っと、カシラの分もありますよね？　俺らだけで食べたなんてわかったら、詰め腹切らされちゃう」

「ええっ、まさか。いくつか残してあります。でも、久我さんはあまり甘いものは好きじゃないでしょう？」

瑞緒の言葉に、シュンはチチチと舌を鳴らし、指を振った。

「そういうの関係ないすから。それに、こないだ俺に自慢してましたよ。瑞緒が作った水ようかんは美味い、って」

「和菓子のほうが好みなのかな……」

「だからそういうんじゃないんですってー。そんじゃ、いただきます！」

シュンを見送ってキッチンに戻ると、久我から着信があった。

【今から戻るから、出かけられる支度をしておけ】

「あ、はい！」

久我の毎日は会社勤めと変わらず、九時前に家を出て、帰宅は十九時ごろだ。事務所にいることもあるようだが、たいていはフロント企業の様子を見に行ったり、交流のある組を訪問したりしている。

まだ夕刻には早く、珍しいこともあるものだと思いながら、瑞緒は急ぎ自室へ向かって、着替えとメイク直しを始めた。

行く場所も目的も不明なので、スーツ姿の久我とつり合うように、余所行き仕様のワンピースと冷房対策に麻のジャケットを選んだ。

玄関で靴を用意していると、ドアが開いて久我が姿を現した。

「おっ……いいな。似合う」

「ありがとう、ございます……」

瑞緒は安堵して嬉しくなった。夜がうまくいかないことが、自分で思う以上にダメージになっていたのか、シンプルな褒め言葉でも気持ちが浮上する。

シュンの運転する車に乗り込んで走り出すと、さっそくシュンが口を開いた。

「シュークリーム、超美味かったっす」

「シュークリーム?」

久我が訊き返し、シュンは慌てたように片手を振った。

「カシラの分もあるそうですから、ご心配なく」

「心配なんかするか。こいつらに気を使うことなんかねえぞ」

「いいえ、数を作るのはそう手間ではないので」

どことなくむっとした顔でシートに背中を預けた久我を、瑞緒は気づかわしげに見つめた。久我の機嫌を損ねるのは極力避けたいのだが、どこに地雷があるかわからない。

また水ようかん作りますね、って、そういうのと違うって言われた……。

そんなことを考えながら、なにも話しかけられずに、また久我も黙ったままで、なんとなく気まずい。気づけば路肩に車が停まって、久我がドアを開けた。差し出された手を握って、車から降り立つ。

「いってらっしゃいませー」

走り去る車を見送るのを待たず、久我は瑞緒を促した。表参道《おもてさんどう》のいちばん賑《にぎ》わう、そしてハイブランドが軒を連ねる界隈《かいわい》だ。圧倒されながらビルを見上げていた瑞緒は、ふいに久我に手を引かれた。

「ぼうっとしてると迷子になるぞ」

「す、すみません――あの、どこに!?　久我さん……！」

久我に連れていかれたのは、誰もが知る高級ブランドのショップだった。瑞緒は化粧品しか持っていないし、服やバッグのある店に足を踏み入れるのも初めてだ。

まさか……まさかだよね？

過日、銀座のデパートで服を買ってもらったことが思い浮かんだが、さすがにここはナシだろう。瑞緒に着こなせるはずがない。

「なにがいい？　服かバッグか」

「けけけけっこうです！　ていうか、なぜ？」

狼狽える瑞緒を、久我は振り返った。

「なぜって……まあ、ご機嫌取りみたいなものか。あるいは励ましとでも言うか」

「は？」

ますますわからない。なぜ久我が瑞緒の機嫌を気にしなければならないのか。そういうことをする必要があるとしたら、むしろ瑞緒のほうだろう。なにしろ今の生活は、すべて久我がかりでさせてもらっているのだから。

そうよ、これ以上なにをしてもらうっていうの？　そんなにされたら、本当に返しきれない。

「機嫌はすこぶるいいつもりですが……励ましも今のところ不要で――」

とにかくそう答えた瑞緒に、久我はわかっていると言いたげに手のひらを向けた。

「そうやって気丈に振る舞ってるんだよな。俺に細かいところまで話せと言うつもりはない。けど、少しくらいの気晴らしはさせてやれるつもりだ」

「いえ、本当に――」

「今朝だって元気がなかっただろう」

今朝……？　そうだっけ？

瑞緒は数時間前を振り返って、首を傾げた。朝食を作りながら、なにを考えていたのだったか――。

「……あっ……！」

小さな声を上げた瑞緒に、久我は胸を張って頷く。

たしかに朝の瑞緒はブルーだった。なぜなら昨夜も未遂だったからだ。もう、自分にはなにか女として致命的な欠陥があるのではないかとすら考えていたのだ。

元気がないとは気がつくのに、その理由がどうしてそんなにズレるのよ……。

目下のところ、瑞緒の悩みはそれだけだ。両親を亡くして半年も経たず、先行き不安な身の上なのに、悩みがそれだけというのも問題な気がするが、久我の庇護《ひご》下にあって安心している。

久我がヤクザの幹部で、その本拠地に身を寄せていることも、嫌だと思わない。むしろこれまでの生活よりも温かさや楽しさを感じている。実際、実家にいたころよりも、笑顔でいる時間がずっと増えていた。これからもこの日々が続けばいいと願ってしまう。

それもあって、瑞緒は久我とちゃんとした愛人関係になりたいと願っているのだ。そうすれば、今よりも立ち位置がしっかりとする。ようやく久我のそばにいる理由ができる。

「このバッグはどうだ？　新作だそうだぞ」

そんな瑞緒の心情も知らず、明後日《あさって》の方向に解釈している久我が腹立たしくもあり、思いやりや気づかいが嬉しくもある。少なくとも瑞緒を元気づけようとして、自ら動いてくれる程度には、瑞緒のことを気にしてくれているのだ。

でも、私の願いは、こういうことじゃないんですけどね……。

しかし、ここで瑞緒が喜んでみせることで久我が満足してくれるなら、瑞緒も乗らないわけにはいかない。

「わあ、すてき！　このバッグなんて持ってません」

あれ？　ちょっと棒読みだったかな？

幸い久我は気づいていないようで、スタッフに指示して色違いをカウンターに並べさせた。

「黒は合わせやすいが、今からの季節なら白か。赤も若々しくて似合いそうだ。うん、みっつともらう」

「ええっ⁉」

思わず非難の声を上げた瑞緒は、久我が振り向いたので、慌てて両手を合わせた。

「そんなに？　いいんですか？」

詳しくはわからないけれど、ここのバッグならみっつも買ったら三桁万円だろう。しかし久我はまったく気にしていないようで、いそいそとフロアを回る。

「揃いの靴もあるそうだ。せっかくだから買っておこう」

軽く眩暈《めまい》を覚えた瑞緒はスツールに座らされ、靴の試着をさせられた。瑞緒も人並みにブランド品に憧れはあるけれど、分不相応と思っていたので、いきなりこんなことをされると嬉しさよりも恐縮してしまう。いや、怖い。

ようやく買い物が終わったとほっとしていたら、久我がウェアのフロアへ向かおうとしたので、焦って引き止めた。

「服はいいです！」

振り返った久我に、ぶんぶんとかぶりを振った。きっとすごい形相だっただろう。

久我が頷いて踵を返して会計と荷物の預かりを済ませ、複数のスタッフに見送られてシヨップを出たときには、瑞緒はチアリーディングのパフォーマンスを終えたときのように疲れていた。

「えっ？　ちょ、どこ行くんですか⁉」

久我が数軒先のブランドショップに足を向けたので、瑞緒はぎょっとする。

「どこって、服をまだ買ってない。他の店がいいんだろう？」

いや、そういう意味じゃなくって！　ていうか、どんだけ買い物するつもり⁉

瑞緒の辞退は受け入れられず、けっきょく表参道のいわゆるブランドストリートの店舗をほぼ制覇して、五十以上のアイテムを購入したのだった。総額については、瑞緒は恐ろしくて途中から考えるのを放棄した。

疲労困憊《ひろうこんぱい》の瑞緒をカフェに連れ込んだ久我は、散財など気にするそぶりもなく、実に満足げだ。

「荷物を回収したら、シュンが迎えに来る」

どうりで手ぶらのまま買い物を続けていたはずだと、今になって合点がいった。全部を持ち歩くのは、とうてい不可能だ。

「いやあ、気持ちがいいほど買いまくりっすね！　後で見せてくださいね！」

大型ワンボックスカーで迎えに来たシュンにそう言われ、改めて車の後部に積まれた荷物を振り返って、瑞緒は苦笑するしかない。

「たくさん買ってもらっちゃいました」

とでも言うしかないじゃない。

しかし物はともかく、瑞緒のためを思って買ってくれた久我の気持ちは、間違いなく嬉しいものだった。

「食事をして帰るつもりだったが、疲れてるみたいだな」

「いいえ、だいじょうぶです。でも、これから支度するのでよければ作りますけど」

「いや、いい。鮨《すし》でも頼むか」

「やったー！」

「おまえの分まで頼むとは言ってねえぞ」

「またまたー。カシラ、ゴチになります！」

しょうがねえな、と言いつつも、久我は事務所に詰めている組員全員分も含めて、電話で注文を入れた。

鮨店は銀座の老舗で、久我組の行きつけらしい。

「ちょっと挨拶しとくか。一緒に来い」

「私もですか？」

「予約客しかいないから、気にするな」

そういう意味ではないのだけれど、自分などが久我の連れとして馴染《なじ》みの店に顔を出していいのだろうか。

でも、ご馳走になるわけだし、その挨拶ってことでいいよね？

店内は白木のカウンターが眩しく整然としていた。

「いらっしゃいませ！」

張りのある声で迎えてくれたのは、三十代後半くらいの職人だった。

「悪いな、急に」

「なにをおっしゃいます。ちょうど予約の間でしたので、お待たせせずに済みました」

カウンターに大きな鮨桶《すしおけ》が重ねられ、着物に割烹着《かっぽうぎ》の女将と思しき女性が、風呂敷で包もうとしているところだ。

職人の視線が瑞緒に移り、目礼する。

「うちの預かりの瑞緒だ」

「店主の山下《やました》でございます。久我さまにはいつもご贔屓《ひいき》いただいております」

「ごちそうになります」

「次はぜひ店で召し上がってください。お待ちしております」

「カシラ、外にシュンちゃんがいるのかしら？」

風呂敷包みを手にした女性に問われ、久我はそれを奪うように取り上げた。

「持って行くよ。そのために降りてきたんだ」

「あら、そんな……ありがとうございます。お優しいったら、ねえ」

後半は瑞緒に向けて発せられ、思わず深く頷いてしまう。

「そういえば、これから尾木《おぎ》さまがいらっしゃいますよ。お待ちになられたら？」

「尾木が？　いや、そういうことなら早く退散しよう」

女将の言葉に顔をしかめた久我を、瑞緒は思わず見上げた。なんだか苦手な虫でも見たような表情で、ちょっと意外だった。久我にも弱い相手がいるのかと思っていると、視線に気づいたらしい久我が苦笑する。

「気にするな。ただの腐れ縁の男だ。系列の組の奴で、おまえが会う必要はないから帰るだけだ。鮨も早く食いたいしな」

そう言うのなら、頷くだけにしておく。しかし友人に会わせたくないということなのかと、少し寂しく感じた。瑞緒はただの居候の身なのだから、当たり前といえばそうなのだけれど。

そんなやり取りを見ていた女将は、どう感じたのか口元に手を当てて笑う。

「ほほほ、お似合いだこと」

えっ、私と久我さんのこと？

瑞緒がドギマギして言葉に詰まっていると、久我は肩を竦めた。

「女将に褒められたら、食いに来ないわけにはいかないな」

久我にとっても褒め言葉になるのだろうか、いやそんなはずはない、今しがた知りあいに会わせられないと言われたばかりで現金に浮かれるな、とますます焦ってしまい、

「あ、戸を開けますね！」

引き戸に手をかけた。車の外で待っていたシュンが駆け寄って、久我から風呂敷包みを受け取る。

「ありがとうございました！」

女将の声に見送られ、瑞緒は久我の手が背中に触れるのを感じながら車に乗り込んだ。高鳴る鼓動が伝わってしまうのではないかと思いながら。

数日後の夕刻、瑞緒は渋谷《しぶや》のシネプレックスの前に立っていた。これから久我と待ち合わせて映画を観る。

意外な展開……まさか久我さんと映画に行くなんて。

ことの起こりは、シュンの趣味が映画鑑賞だという話題だった。

『今ならこれ！　断然おススメっす』

スマートフォンを差し出してその映画のサイトを見せてくれて、瑞緒も興味を持ち、

『面白そう』と呟いたところ、送るから観に行ったらどうかと言われた。

シュンには日常の買い物も付き添ってもらっているから、その延長で問題ないだろうと思いつつも、一応その夜、久我にお伺いを立てた。

『その映画なら、俺も気になってた。明日の夕方なら時間があるから行こう』

というわけで、現地での待ち合わせとなったのだ。もちろん瑞緒はここまで、シュンが運転する車で送ってもらった。シュンも一緒に観たらどうかと思ったけれど、

『そんな野暮なことできないっす。あ、でも俺が観るまでネタバレはナシで頼みます』

と、快く送り出してくれた。

デートの邪魔はしませんよ、なんて言ってたけど……デートって。

シュンの言葉を思い出して、口元が緩んでしまう。待ち合わせて映画を観て、その後食事なんて、まさしく王道のデートコースだ。久我とそんな時間を過ごせることに、心が浮き立っていた。

せっかくだからと、先日久我に買ってもらったもので全身をコーディネートした。ピスタチオカラーのサマーニットのセットアップと、光沢のあるベージュのラップスカートに、白のバッグとサンダル。見る人が見れば一式ハイブランドだとわかるのか、たびたび視線を注がれて、瑞緒は居心地が悪い。

本体が完全に負けてる、とか思われてるんだろうな……。

今さらながら確認しようと、背後のガラス壁を振り返って髪を撫でつけていると、後ろに久我の姿が映ってどきりとした。慌てて振り返った瑞緒を、久我はじっくりと眺める。

「よく似合う。着せ甲斐があるな」

「……ありがとうございます」

そう言う久我だって、淡いグレーのサマースーツに、地紋のある黒のスタンドカラーシャツが決まっている。ビジネスマンには見えないだろうけれど、クリエイティブ系のスマートな職業に就いていそうな感じだ。ヤクザの若頭だとは、誰も思わないだろう。

いや、べつにそう知られたところで、全然かまわないんだけど。

久我の人となりを知るに従って、彼の職業はますます気にならなくなっていた。瑞緒にとって、自分と接しているときの久我がすべてだ。その久我は、優しくて頼り甲斐があって、ときにちょっと意地悪で、色気があって――。

「まだ少し時間があるな。お茶でも飲んで――ん？」

久我の視線を追うと、まだ歩けないくらいの子どもを抱いた女性が、手を振りながら小走りに近づいてくるのが見えた。

「走るな。子どもを抱いてるんだろう」

目の前で足を止めた女性は、軽く息が上がっている。

「だって、こんなところでカシラに会えるなんて……嬉しくて」

女性はしっかりとメイクした顔に笑みを浮かべた。華やかな出で立ちは、どことなく接客業の雰囲気があるが、ベビー用品を詰め込んでいると思しき大きなバッグやローヒールに、母親感がにじんでいる。

「蓮《れん》、だったか。大きくなったな」

久我が頬を指先で突くと、子どもはきょとんとした顔で見返してきた。

「そうでしょう。こないだ一歳になったんですよ。カシラのおかげです。あら、デートですか？　お邪魔しちゃってすみません」

「そんなんじゃねえよ」

久我があっさり否定したので、瑞緒はちょっと気落ちした。

「ええー？　まだそこまで行ってないってことですか？　超おススメですよ！　見た目もこのとおりイケメンだし、その上優しくて頼りになるし」

後半は瑞緒に向けてのセールストークで、瑞緒はぎこちなく笑みを浮かべて頷いた。

「あたし、半年前までは散々な人生だったんですよ。男に騙されてこの子を産んで、仕事もなくて——ああ、細かいことはいいですよね。そこを救ってくれたのがカシラですから。住み込みで働ける店を紹介してもらって、ほんと感謝してます」

やはり久我は、困っている者を放っておけない性格のようだ。瑞緒を含め、久我に手を差し伸べられて救われた者は大勢いるのだろう。

もちろん瑞緒も感謝はしているが、大勢の中のひとりに過ぎないことが、なんとなく寂しい。そんなふうに思ってはいけないのに、これからも久我が助けるだろう相手がいて、瑞緒はいつかこの彼女のように過去の存在になってしまうのだろうかと、——なんだろう、嫉妬のようなものを感じてしまう。

そうならないためにも、やっぱり愛人として認められるようになるべきじゃない？　久我の自宅に住み込んで、未遂とはいえベッドを共にしている以上、期待値はあるはずなのだ。

女性は託児所に向かうのだと、慌てて去っていった。

「ったく、言うだけ言って、慌ただしい女だな」

苦笑する横顔を、瑞緒はそっと窺い見た。

「でも、声をかけずにいられなかったんでしょう。久我さんに助けてもらったから。……優しいんですね」

久我はちらりと瑞緒を見て、すぐに視線を外した。

「……べつに優しくなんかない。困ってる奴を助けるのは当たり前のことだろう」

さも当然のことのように言ってのけるところに、瑞緒はますます久我への尊敬が深まっていくのを感じる。

やっぱりすてきな人だな……。

「元気そうでなによりだ」

女性を見送る久我の眼差しが、過去を思い出すそれに見えて、瑞緒はやはりそんなふうになりたくないと思ってしまう。

……変なの。あの人たちと区別してほしいと思ったり、ちゃんとした愛人にならなきゃと思ったり。

自分の思考が、我ながら不可解だ。張り合うような気持ちになるものではない。愛人になりたいのは、その形でしか久我の恩に報いることができそうにないからだ。

そもそもその愛人という立場を、瑞緒は少し誤解してしまっているのではないかと自分でも思う。世間で言う愛人の多くは、なんらかの利益と引き換えにその役目を果たしている。一部、妻になることが不可能で、愛情を交わしながらもそのポジションに甘んじることもあるようだが、瑞緒の場合は前者だろう。

それなのに、名実ともに愛人になったら、その状態がずっと続くようなつもりでいる。というか、終わるときが来るなんて想像がつかない。

加えて、組員たちからの姐さん呼ばわりや、関係者に久我の妻と勘違いされたことで、妻と愛人の区別が曖昧になっている。

愛人はいつまでとも知れない、それこそ相手の気持ち次第の期間限定の関係だと、改めて自分自身に認識させてみるが、どうにももやもやしてしまう。

じゃあ、久我さんの奥さんになれたら納得するの……？

しかし、それは考えるまでもなく不可能だ。まず、久我は瑞緒にそんなことを望んでいない。そして瑞緒は平凡な家庭に育った娘で、極道世界のことをなにも知らない。そんな女は役立たずだ。

「瑞緒？　ちょっと早いけど、中に入るか？」

「あ、はい……」

「悪いな」

ふいに謝られて、瑞緒は久我を見上げた。

「疲れた顔をしてる。暑いのに外で待たせたせいだな。立ち話までしたし。寝ててもいいぞ」

「寝ません。せっかくの映画なのに」

久我は笑って瑞緒の背中に手を添えた。

上映中、居眠りをすることこそなかったが、映画の内容はまったく頭に入ってこなかった。隣からほのかにトワレが香って、それが久我の匂いだと気づいたとたんに、胸が高鳴った。

香りに憶えがあったのは、いつもベッドで嗅いでいたからだ。行為と直結するその匂いを嗅ぎながら、じっと座って過ごすのはなんとも悩ましい。つい、夜毎のあれやこれやを思い浮かべてしまい、冷房が効いた館内なのに汗ばんでくる。

久我はほとんど身動きすることもなく、映画を楽しんでいるようで、それはなによりだけれど、この後話題に出されたら話についていけないかもと心配になる。いっそ寝たふりをしてしまおうか。

瑞緒が思いきり意識しつつも、できるだけさりげなく目を閉じて頭を傾げたところ、久我はそれを支えるように肩を寄せてくれた。いっそう香りを強く感じながら、こうやって寄り添うだけの時間もすてきだと思えた。

つまり——瑞緒は久我のそばにいることを、なによりも望んでいるのだと気づいた。なぜなら——。

久我さんを好きなのかもしれない……いい人だからとか、助けてくれた恩人だからとかだけじゃなくて……。

夕食は恵比寿《えびす》のビストロに行き、久我は久しぶりに観たという映画の感想に饒舌《じょうぜつ》で、そこから過去に観た映画のお勧め作品へと話題が発展した。

「えっ、ホラー苦手なんですか？」

意外に思って瑞緒が確認すると、久我は嫌そうに顔をしかめる。

「怖いんじゃなくて、つまんねえんだよ。怖いっていうなら、生身の人間のほうがなにするかわからないだろう」

店を出たところで久我のスマートフォンに着信があり、

「じゃあ私、そこの和菓子屋さんを見てきます」

瑞緒は角の和菓子店を示した。最近話題の創作和菓子の店で、バリエーション豊かな大福が評判だという。シュンたちへの土産にちょうどいい。

頷く久我を後にして、瑞緒は歩き出した。角までもう少しというところで、突然進路を塞ぐようにふたりの男が飛び出してきた。互いに競うように派手なアロハに太めのパンツという格好で、シュンも似たような服を好むが、柄の悪さはこちらが数段上だ。

思わず身構えた瑞緒に、金髪のほうがずいと近寄って睨んできた。いわゆるガンをくれるというやつだ。

「ネエちゃん、あの男とつきあってんのか？」

……どういうこと？　久我さんを知ってるの？

瑞緒が返事を躊躇っていると、坊主頭のほうが背後に回った。

「訊いてんだろ。答えろよ」

「……な、なんですか、いきなり。関係ないでしょう」

「関係あるから言ってんだ。あいつがヤクザだって知ってんのか？」

やはり久我を知っているようだ。ということは、このふたりもそうなのだろうか。はっとする瑞緒を見て、金髪は嘲るように口元を歪めた。

「ビビるくらいなら、これに懲りて二度と会うんじゃねえ」

「そうそう。ネエちゃんくらいの美人なら、他にいくらでも男はいるだろ」

瑞緒が身を縮めていると、

「瑞緒――！」

久我の声がして、靴音が近づいてきた。男たちはぎょっとしたようにそちらを見る。

「うわ、帰ったんじゃ……」

久我は男たちを一瞥《いちべつ》したが、その眼光の鋭さは瑞緒が知る久我とは別人のようで、駆け寄ろうとした足が止まった。

瑞緒と男たちの間に、久我が立ちはだかる。

「見覚えがある面だな」

「……ひ、人違いだろ」

「俺らはたまたま通りかかっただけで――」

瑞緒を威嚇していた男たちが、逆に久我に脅されているように見える。久我はただふたりを睨《ね》めつけて、声も荒らげていないのに。

「由香里《ゆかり》は知ってのことか？」

……由香里？　誰？

その名が出たとたん、男たちはびくりと肩を揺らした。「おい、まずい」金髪が坊主に耳打ちする。

「そ、そんな女知らねえ！　関係ねえからな！」

坊主は声を裏返らせて叫ぶと、身を翻して駆け出した。置いていかれるものかと、金髪も後を追う。全速力で角を曲がっていったふたりを、久我はまるで獲物を狙う肉食獣のような目つきで見つめていた。

……すごい。

格の違いを見せつけられた。相手は久我をそうと知っていて、自分たちもその世界の人間なのだろうけれど、明らかに器が違う。

わかっていたはずなのに、久我がヤクザだということを改めて認識する。一般人が羊なら、今の久我はまるで狼だ。

こんな顔するんだ……知らなかった……。

久我は我に返ったように瑞緒を振り返り、念入りに視線を走らせる。

「手出しされなかったか？　けがは？」

伸ばしかけた手が、瑞緒に届く前に引っ込んだ。どこかせつなげに眉を寄せる。

「そんな脅えた顔するな。ちょっとした挨拶だ。知りあいだしな」

もしかして、瑞緒が久我を恐れていると思われたのだろうか。そんなことはない。あの男たちのことは怖かったけれど、久我は助けに来てくれた。いつだって久我は、瑞緒を守ってくれる。そう約束してくれたとおりに。

たしかに初めて目にした久我の一面だったけれど、その強さに見惚れはしても、恐ろしいなんて思わなかった。強い久我のそばにいられることに、むしろ頼もしさと安心感を覚えた。

胸が高鳴っているのは、今しがたの事態に狼狽えてのことではなく——久我にときめいているからではないかと思う。これまで以上にそばを離れたくないという気持ちは、本気で久我を好きになってしまったからだろうか。

「脅えてなんていません。久我さんが来てくれたのに——あっ……」

ついと顎を摑まれ、仰向かされて、久我の顔が間近に迫った。先ほどまでの相手を射るような眼光の鋭さは消えて——いや、今は瑞緒の胸を射抜くような視線を向けている。

「本当に？」

問われて小さく頷くと、指が顎を離れて、両腕で包むように瑞緒を抱きしめた。

「すまない……」

「……どうして謝るんですか？」

「守ると約束したのに、目を離した。けど、もう危ない目には遭わせない」

「知ってますし、信じてます……」

その点に関して、瑞緒は疑ったことはない。弱い者を守るのは久我の本能のようなもので、今は瑞緒を第一に見守ってくれていると感じる。

今まではそれがなによりも安心できることだったけれど、いつの間にか自分の中に芽生えていた気持ちに気づいて、複雑な心境でもあった。ただ守られるだけの存在のままでいることに、このまま満足できるだろうか。

由香里って誰だろう？　さっきの人たちと関係あるみたいだよね？　女組長とか？

久我に訊けなかったのは、瑞緒には関係がないと一蹴されそうな気がしたからだ。今の自分は久我の庇護者でしかないから。

第四章　突然の結婚宣言

その日はなんとなく表向きが騒がしかった。

朝から母屋の窓が開け放たれ、庭に面した縁側廊下をシュンや加瀬林らの若手が雑巾がけをしていた。

ガレージではふだん使わない車までワックスがけが始まり、車内を掃除するハンディクリーナーが甲高い音を響かせていた。

久我は出がけになにも言っていなかったけれど、客でもあるのだろうか。業界関係者の来訪なら瑞緒の出る幕はないのだが、万が一鉢合わせしてしまったらどう振る舞えばいいのかと気になる。

昼過ぎに、縁側に並べて干していた座布団を回収しようとするシュンの姿が、二階の窓から見えたので、瑞緒はサンダルをつっかけて離れを飛び出し、生垣の枝折戸のところで手を振った。

「シュンさん！」

「あっ、瑞緒さん、チース！　水臭いなあ、いい加減タメ口でいきましょうよ」

「そうはいきません。私が変えても、シュンさんはそのままのつもりでしょう」

「そりゃあ俺は瑞緒さんより年下ですし、なんたってカシラの大事な人ですから」

シュンは瑞緒が久我の愛人以上の存在だと思っているからそんなことを言う。現実は今もって愛人未満だ。

私がどう思ってたって、久我さんは保護対象としか見てくれてないもの……。

萎れそうな気持ちが顔に出たのか、シュンは沓脱石《くぬぎいし》の雪駄《せった》に足を入れ、瑞緒のほうへ駆けてきた。血が繋《つな》がっているわけでもないのに、こういうところは久我譲りだなと思う。

「どうしました？　俺、なんか失言しちゃいました？」

「いいえ、なんでも――そうだ、訊こうと思ったんです。お客さまでもいらっしゃるんですか？　朝から掃除が」

そう言った瑞緒に、シュンは首を傾げた。

「あれ？　カシラ言ってなかったすか？　オヤジがお帰りなんすよ」

「オヤジって、……組長さん!?」

「そっす。昨日の夜、連絡が入りまして。いっつも急なんすよねー。こっちはバタバタっすよ。あ、でも掃除とかサボってたわけじゃ――」

「大変！　どうしよう！」

瑞緒は踵を返して、離れの玄関に飛び込んだ。

「もう、どうして言ってくれないの？」

独り言を呟きながら階段を上がり、途中になっていたベッドメイクを再開しようとして、枕を抱いたまま座り込む。

組長の帰宅を久我が知らないはずがなく、それを告げなかったということは、瑞緒には関係がないと思っているからだろう。おそらく久我の独断で瑞緒を保護したのだろうし、離れに住まわせているのは、もしかしたら組長には内密にするつもりなのかもしれない。

そりゃあ、厄介者なのは百も承知だけど……。

しかし、それでいいのだろうか。こうして世話になっている以上は、きちんと挨拶をしておくべきだと、それが仁義ではないかと、堅気の瑞緒は思うのだ。

でも、久我さんがそのつもりじゃないのに、しゃしゃり出るわけにもいかないよね……。

久我が責められるようなことになったら目も当てられない。

やはり瑞緒が勝手に動くのは、やめておくべきなのだろう。とても落ち着かない気分ではあるけれど。

夕方近くなって久我から電話が入った。

【今夜は食事はいい。事務所には間もなく戻るが、ちょっとごたごたしてるから、帰るのは遅くなるかもしれない】

そんな内容を早口に告げて、そそくさと通話を切られてしまった。組長の帰宅を言わずにごたごたで済ませる辺り、やはり瑞緒には無関係と線を引かれたような気がする。

しかたないよね……久我さんにとって私は、期間限定の居候でしかないんだし。

しかし久我に惹《ひ》かれている己の気持ちに気づいた今、この関係が少しでも進展したらいいと考えていただけに、目の前でドアを閉められたようで、気落ちするのは避けられなかった。

ひとりの夕食を簡単に済ませて、久我を待たずに入浴しようかと支度していると、玄関のドアが開く音がした。

「おかえりなさい――」

迎えに出た瑞緒は、目を瞬いた。匂いがして、酒を飲んでいるのはすぐ気づいたけれど、上着はもちろんのこと、出かけるときは締めていたはずのネクタイがなくなっていて、ワイシャツは袖捲《まく》り、髪も乱れている。ふだん瑞緒の前で飲酒しても、ほとんど見た目が変わらないので意外だ。

「だいじょうぶですか？　お水持って来ましょうか？　今、お風呂の用意してますけど、少し休んでからのほうがいいですよね？」

近づくと、酒だけでなく煙草の匂いもした。

「いや、そうじゃなくて――」

どことなく歯切れが悪い久我を、瑞緒は見上げる。見た目ほど酔っているわけではなさそうだが、体調でもよくないのだろうか。

久我は瑞緒を見下ろして、一瞬視線を逸らした。それはすぐに戻ってきて、躊躇うように口を開く。

「実は……頼みがある」

……頼み？　久我さんが私に？

久我と出会ってから今日まで、頼みごとをされたことなど一度もない。ずっと一方的に世話をかけるばかりだった。瑞緒ができることなどなにもないのだと、へこんだことも数多い。

「私にですか？」

「……ああ」

気まずそうに眉を寄せているのがちょっと気になったけれど、久我に頼みごとをされたことのほうが、瑞緒には一大事だった。

「なんなりと！」

久我の役に立てるなら、なんだってする。宴会の後片づけだろうか。おそらく組長の帰りを祝って、事務所では酒盛りが催されていたはずだ。

「親父に会ってほしい」

腕捲りしかけていた瑞緒は、それを聞いて目を丸くした。

「組長さんに？」

眉間のしわを深くして首肯する久我に、瑞緒は大きく頷いた。

「もちろんです！　私のほうからご挨拶しなければと思っていました。こんなにお世話になっているんですから。でも、ご都合もあるだろうと――」

「嫌じゃないか？」

「いいえ。お会いできるなら嬉しいです」

瑞緒は本心からそう答えたのだが、久我はまだなにか躊躇うような顔で、それでも瑞緒を連れて母屋の門へ向かった。

数寄屋門の格子戸を開け、飛び石を踏んで玄関の前に立つころになって、瑞緒は身なりが気になった。組長に会うのはもちろんのこと、この家を訪れるのも初めてだ。離れに住んでいるとはいえ、それなりに支度を整えて伺うべきだったのではないか。

玄関に入ると、組員のひとりが出迎えてくれた。羽鳥《はとり》という三十代半ばの若頭補佐だ。久我もあまりヤクザに見えないけれど、羽鳥はさらにその上をいくタイプで、銀縁眼鏡《めがね》にビジネススーツという格好も相まって、銀行マンのように見える。しかしシュンに言わせると、「カシラよりずっと怖いっす」とのことだ。

「いらっしゃいませ。オヤジがお待ちです」

羽鳥の案内で奥の座敷に通された。

「カシラがいらっしゃいました」

「おう」

十畳敷きの座敷の中央に杉の座卓が置かれ、床の間を背にして浴衣《ゆかた》姿の男性が座っていた。還暦間近と聞いているが、白髪交じりの頭髪は豊かで、がっしりとした身体つきだ。

卓には銚子と猪口、小皿の肴《さかな》が並んでいる。宴会には交じらず、ここで飲んでいたのだろうか。

瑞緒は緊張しながら久我に続いて座敷に入り、座卓を隔てて並んで腰を下ろした。

「彼女が桐生瑞緒だ。わけあって離れに匿ってる」

紹介されたので、瑞緒は座布団の脇で両手をついて頭を下げた。

「桐生瑞緒と申します。久我——若頭にはひとかたならぬお世話になっております。組長のお留守中にご厄介になって、挨拶が遅れまして失礼いたしました」

「どうせとっくに知ってたんだろう」

隣でぼやくように呟く久我に、組長は笑った。

「そりゃあ報告は逐一受け取ってる。……ふうん、若いな」

顔を上げると、組長が値踏みするようにこちらを見ていた。さすがは親子で、どことなく面影がかぶる。眼光の鋭さはいかにもで、組を束ねる長らしい。あと三十年もしたら、久我もこんなふうになるのかもしれない。

「――で、これからも囲うつもりか？」

組長の言葉に、瑞緒は思わず隣を窺った。組長は久我が愛人を自宅に連れ込んだと思っているのかもしれない。

違うんです！　私は愛人未満で、というかまともに相手にされてないくらいで……久我さんは善意で置いてくれてるだけなんです。

そう言いたくてたまらなかったが、久我を差し置いて出しゃばるわけにもいかず、膝の上で拳を握りしめる。

「堅気の女なんて面倒な……まあ、嫁さんの機嫌を損ねるなよ」

……え？　嫁さん？

瑞緒は状況も忘れて、あからさまに久我を見つめてしまう。うんざりしたような横顔が、ため息をついた。

「その話なら断ったはずだ」

久我に縁談があったということだろうか。三十一歳になるそうだから、決して早いわけではない。

「吉原《よしわら》組の娘だぞ。先代同士、杯を交わした間柄だ。いずれはという話は、おまえらが生まれたときからあった」

「古いんだよ。家が決めるなんて、江戸時代の武家でもあるまいし」

「なにを言う。うちと吉原が手を組めば、勢力図が大きく変わるんだぞ」

ふたりの会話から察するに、ヤクザ同士の政略結婚のようなものが持ち上がっているようだ。久我は乗り気ではないようだが、それが互いの組にとって利益のあることなのだろう。

でも……そうか、結婚か……いつそうなってもおかしくないんだ。

自分の気持ちばかり考えていたけれど、久我に相手ができることだってある。瑞緒以外の。実際、久我は瑞緒がタイプではなさそうだし。

「他に女のひとりやふたりいたって、うまく立ち回れるならかまわん」

……ひとりやふたり⁉

組長の言葉に、瑞緒は俯いたまま目を瞠った。

「そういうことじゃない。あの縁談はナシだと言ってるんだ」

言い返す久我の声を聞きながら、瑞緒は激しく狼狽えていた。組長の道徳的ではない発言に動揺したわけではない。その可能性に思い至らなかったことに気づいたのだ。

もしかしたら久我さんにはもう愛人がいるんじゃ……ううん、恋人かもしれない。

久我がイケメンなのは万人が認めるところだし、一緒に歩いていても久我に注がれる視線を感じる。横にいるのがどうして瑞緒のような女なのかという目で見られることも、一

度や二度ではなかった。

そうよ、お鮨屋さんの女将だって、映画館の前で会った人だって、久我さんのことを好きそうだった。すごくモテる人なんだ。

そんな久我が、瑞緒などに同情以外の感情を持つはずがない。瑞緒がどんなに好意を示したとしても、応えてくれるはずが――。

「俺は、瑞緒以外を妻にする気はない」

ほら、やっぱり――……え？

耳を通り過ぎそうになった久我の言葉に、瑞緒は意識を引き戻された。

「……ほお？」

座卓の向こうでは、腕組みをした組長が片眉を上げている。しかしその光景も、単純に瑞緒の目が映し出しているだけで、頭の中は今しがたの久我の言葉に埋め尽くされていた。

えええっ!?　なんて……なんて言ったの？　私を妻に……本当に？　本気で!?　ていうか、どうして？

「こいつはそう言ってるが、お嬢さん、あんたはどうなんだ？」

いきなり組長に振られ、混乱していた瑞緒はますます焦った。

「わ、私……、私もく――宗、輔さんのそばにいたい……です……」

うわ、言っちゃった……！

と思う間もなく、組長の視線が瑞緒を突き刺す。刃物を突きつけられたような心地だったけれど、とっさに出た言葉でも嘘ではない。久我の発言の真意は不明だが、そう言われて断る意思は瑞緒になかった。

組長は、ふん、と鼻を鳴らす。

「わかってんのか？　こいつはうちの若頭だ。つまり次期組長ってことなんだぜ？　ヤクザの女房になる覚悟があるのか？」

「そっ……それは……まだわかりません！」

漠然と思い描くヤクザと久我は離れすぎていて、瑞緒にとって彼がヤクザだという意識は薄い。先日、男たちに絡まれたときに、ふだんとは別人のような迫力を感じたくらいだ。だから瑞緒は正直に答えた。

「……ふっ……」

妙な声が聞こえて顔を上げると、組長が俯いて肩を揺らしていた。

「だ、だいじょうぶですか⁉」

療養から帰ってきたばかりなのに、酒を飲んだりしたから具合が悪くなったのではないかと、瑞緒は腰を浮かせた。しかし久我に腕を摑まれる。その間も組長の身体の揺れは大きくなり、ついには仰け反って高笑いを響かせた。

え……？　なに？　具合が悪くなったんじゃないの？

「笑い上戸《じょうご》なんだ……」

隣で久我がため息をついたので、瑞緒はよくわからないながらも、大事ないならとほっとして腰を落とす。

「あ……そう、ですか……よかった……」

「親父、笑いすぎだ」

久我が苦々しげに文句を言うが、組長は笑いすぎて咳《せ》き込んでいる。目じりを拭いながら煙草を指に挟むと、それまで部屋の隅で気配を消していた羽鳥が、にじり寄ってライターの火を点した。

美味そうに煙を吐く組長を見つめながら、なにがそんなにウケたのだろうかと瑞緒は疑問だった。きっかけはわからないと答えたことのようだが、ふつうなら呆れるか叱るところではないだろうか。つい思うままに言ってしまったけれど。

「正直だな、お嬢さん。けど、とうに覚悟はしてますなんてこまっしゃくれた口を利くより、ずっといい」

煙草を持った手で無精ひげが浮いた顎を撫でながら、組長は久我を見て目を細めた。

「惚れた同士ってことだな。なら、口を出すのは野暮ってもんだ。大切なものがあれば強くなる」

……ええと、無事に収まったってことでいいのかな？

瑞緒はそう思いつつ、もっと重大な話が展開したことに、今さら動揺し出した。久我が瑞緒を妻に望んでいると宣言し、組長はそれを認めた――。

明日、ゆっくり顔を出せと言われて、瑞緒は久我とともに離れに戻った。母屋の玄関を出ても、生垣周りを歩く間も、久我はひと言も発しなかった。

瑞緒もまた、なにも言えずにいた。一方的に瑞緒が想いを寄せているだけで、久我にはそういう対象としてはまるで相手にされていないと思っていたのに、まさか結婚を考えていてくれたなんて。

しかも組長に諸手《もろて》を挙げて賛成されたので、急速に自分たちの関係が変わった気がして、なんだか気まずいような、気恥ずかしいような。

顔を見るのも恥ずかしい。夜でよかった。

久我の宣言は突然で予想もしていなかったけれど、妻に望まれていると知った嬉しさが、次第に瑞緒の胸を満たしていった。

出会い頭に大金を使わせてしまい、その後も衣食住すべての面倒を見てくれただけでなく、大前から匿ってくれた。約束どおりに瑞緒を守ってくれて、それなのに交換条件のはずの愛人の務めが満足に果たせず、瑞緒は不甲斐なさを感じて躍起になっていた。

しかし、いつの間にか義務ではなくなっていた。恩に報いるのではなく、久我が気に入ること、喜ぶことが瑞緒の目的になっていた。そして、久我のそばにずっといられたらいいのにと願っていた。

久我の口から結婚という言葉が出たことで、瑞緒は自分の気持ちをはっきりと自覚した。瑞緒が望む未来は、きっとそれだ。

もちろん組長が言っていたように、組を担うことになる久我の妻は重責だろう。家庭を守るように組と組員にも目を配らなければならないし、外交だってある。そもそも極道の世界を知らない瑞緒だから、一から覚えていかなければならない。

しかし久我と一緒に生きていけるなら、頑張っていきたいと思う。

今なら組長さんに、覚悟はあるって言えるかもしれない……。

己の気持ちをまとめて離れの玄関に入った瑞緒は、後ろ手にカギを締める久我を笑顔で振り返った。

……あれ？

久我はちらりと瑞緒を見返したものの、すぐに目を伏せて横を通り過ぎた。

「悪かったな。話を合わせてくれて助かった」

短くそう告げて階段を上がっていく久我を、瑞緒は追いかける。

どうして謝るの？　話を合わせたって、どういう意味？

「久我さん……！」

瑞緒が呼んでも久我は足を止めず、振り返りもしなかった。そのまま主寝室に入り、ソファに腰を下ろした久我のそばで、瑞緒は立ち止まった。

久我はしばらくそのままじっとしていたが、ちらりと瑞緒を見て、また目を伏せた。

「預かり者なら顔を見せろって言われて、ちょっと顔出しすれば親父の気が済むと思って母屋に連れていったんだ。まさか、縁談話を蒸し返されるなんて、予想もしてなかった。それで――」

久我は苦々しげに眉を寄せる。

「つい、あんなことを言っちまった……」

先ほどまで胸を満たしていた嬉しさが、どこかに穴でも開いたかのように抜けていく。

「……私を妻にするということですか？」

久我は否定も肯定もせず、ただ目を伏せた。

あれは、その場をやり過ごすための嘘だったのか。やはり久我は、瑞緒のことなど庇護者としか見ていないのか。

この想いは、瑞緒のひとり相撲《ずもう》なのだろうか――。

振り返るまでもなく、これまでの久我の態度に、瑞緒への関心は薄かった。そう言っては語弊があるかもしれない。瑞緒に危険が及ばないように供をつけたり、送り迎えをしたり、気晴らしに連れ出してくれたりと、思いやりや気配りを欠かさなかった。

しかしそれらは、やはりあくまでも庇護する者に対しての態度だったのだろう。

ベッドを共にしたのだって、それが条件のはずだと言い張る瑞緒を納得させるためだったのだ。だから最後までしようとしなかったと考えれば頷ける。

久我はひたすら優しく、瑞緒を甘やかし、守ってくれたけれど、それだけだ。一時的に保護した猫を、里親を探して送り出すように、いずれ元の世界に返すつもりなのだ。自分とは住む世界が違うから？　堅気の女だから？

どんなに好きでも、諦めるしかないのだろうか。長い人生のほんの一時期、夢を見ていたと思って、一般社会に戻ってふつうの恋愛をして生きていけ、と。

……嫌だ、そんなの……久我さん以外好きになれない。

「妻にするって、言ったじゃないですか……」

「だからそれは――」

「そう言われて、私……嬉しかったのにっ……」

まるで子どもの主張だとわかっている。それもすでに久我のほうから違うと言われているのに。

そう思ったら、涙が溢れてきて止まらなかった。これではますます子どもだ。自分の思いどおりにならないからと、かんしゃくを起こしているのと変わらない。

久我の手が伸びて瑞緒を引き寄せ、隣に座らせた。こんなふうに泣き出す人間なんて、久我の周りにはいないはずで、さぞ困惑しているだろう。久我を困らせたいわけではないのに、と新たな涙がこぼれた。

「……自分がなにを言ってるか、わかってるのか？」

久我の声音は硬くて、瑞緒は目を瞬いて顔を上げた。切れ長の双眸《そうぼう》が瑞緒の視線を捉える。鋭くて強引で、決して逃げられそうにない。けれど、陶然とした。このままずっと捕まえていてほしい。

「わかってます。私の本心です」

久我は食い入るように瑞緒を見つめ、摑んだ腕に力を込めた。しかし、ふいにその力が抜けて、視線も逸らされる。

「よく考えろ。ヤクザの妻なんて――」

――嫌！　私を見て！　捕まえていて！

「久我さんが……！　久我さんが好きなんです。職業なんて関係ない。いいえ、それも含めて、久我さんのそばにいたい」

瑞緒は思いの丈を訴えながら、久我にすがりついた。

今すぐ応えてほしいなんて言わない。けれど、この気持ちを知っていていてほしいと願うのは、身勝手だろうか。久我の立場をなにも考えていないと思われるだろうか。

でも、こんなふうに人を好きになったのは初めてで、伝えずにはいられないし、自分の中で抱えたままでいたら爆発してしまいそうだ。爆発したら、思いが散り散りになって消えてしまうかもしれない。その前に、久我に知っておいてほしい。

「……おまえは——」

ふいに抱きすくめられて、瑞緒は目を見開いた。視界を久我のワイシャツが占めている。アルコールと煙草の匂い。そして久我のトワレの香りを、信じられない思いで嗅ぐ。

「俺が、どんな思いでこれまで我慢してきたか……」

瑞緒の髪に押しつけられた唇から、吐息とそんな言葉が伝わってきた。

え……？　どういうこと？

瑞緒を胸に閉じ込めるように抱きしめていた手が、両頬を包んだ。見上げた久我はいつもの表情だったけれど、その目の奥底に揺らぐ炎が見えた気がした。

「俺のものにしたら、もう離さないぞ」

その言葉に、瑞緒は反射的に頷いていた。

「瑞緒……好きだ」

鼓膜が痺れる。誤解しようのない告白に、それでも瑞緒は信じられない思いだった。しかし言葉のひとつひとつを何度となく頭の中で繰り返すうちに、喜びが込み上げてくる。

そう簡単に叶《かな》う願いではないと、久我への想いを強くしながら覚悟していた。期待などできないくらいに、これまでの久我は気持ちを態度に表してくれなかったから。

……ううん、そうじゃない。

思いやりや気づかいだと捉えていたすべてが、久我の瑞緒への想いだったのかもしれない。シュンも言っていたように、瑞緒はとうに久我に大切にされていたのだ。なぜなら、好きになってくれていたから――。

「嬉しいです、とても。離さないでください」

久我は目を細めて、ゆっくりと瑞緒にくちづけた。触れるときこそそっとしていたけれど、すぐに舌が忍び込んできて、瑞緒の口腔を掻き回した。舌に絡みつかれ、久我の口に引き込まれる。

気が遠くなりそう……。

実際、力が抜けてしまって、久我の腕で支えられていなければ、ソファに倒れ込んでしまいそうだ。

重力に引っ張られて仰け反っていく姿をどう思ったのか、久我は瑞緒の顎を舐めながら囁《ささや》いた。

「逃がさないって言っただろう」

「そうじゃ……なくて――あっ……」

喉元を吸われて、瑞緒はぱったりと座面に倒れた。のしかかってきた久我が、Tシャツを捲り上げようとしたので、慌ててその手を摑んだ。かすかに眉を寄せた目が、責めるように瑞緒を見下ろす。

「……お風呂がまだなので……」

「気にしない」

「わ、私が気にします！　汗もかいたし——」

「俺だって同じだ。おまけに酒宴につきあわされて、酒臭いし煙草臭いし——あ、俺のことか」

ワイシャツの袖口を嗅ぐ久我に、瑞緒は大きく首を振った。

「久我さんはいいんです。トワレの匂いもするし」

瑞緒が呟くと、久我はわずかに目を瞠った。

「よく知ってるな」

「いい匂いだなってずっと——きゃっ……」

抱きしめられたまま起こされて、額にキスをされた。

「まったく……どこまで俺を夢中にさせる気だ？　わかった、風呂に入ろう。その代わり一緒でいいよな？」

……夢中？　久我さんが私に？　久我さんこそ、どこまで私を嬉しがらせるつもりなの？

そんなことを思っていた瑞緒は久我に手を引かれて、主寝室とドアで続くパウダー＆シャワールームへ連れ込まれ、はっとした。

「さ、先にどうぞ！」

「そんなことを言って、俺を待たせるつもりだな？　だめだ、そんなの。一緒なら時間も短縮できるし、なんなら洗ってやる」

「自分でできます！」

「今さらなにをそんなに焦ってるんだか」

久我は口端を緩めて、てきぱきとワイシャツのボタンを外した。久我の裸体を見るのは初めてで、胸板が厚いと思った次の瞬間、ワイシャツを脱ぎ落とした背中に目を奪われる。

極彩色の羽を広げた鳥が舞っていた。長い冠羽《かんう》と幾重にも重なった尾羽《おばね》が優美で、それが入れ墨だということも忘れて見入った。

「鳳凰《ほうおう》だ。きれいだろう？」

鳳凰というと、寺院のてっぺんにとまっているものか、一万円札に描かれたものしか思い浮かばない。こんなに美しい鳥だったのか。

言葉もない瑞緒に、久我は振り返って苦笑する。

「墨が入ってる男なんか嫌か」

「ち、違います。入れ墨を間近で見たのなんて初めてで……こんなにきれいなんだってびっくりしました。それに……」

勢いのままに続けそうになって、瑞緒は言い淀む。

「それに、なんだ？　言いかけてやめるなよ、気になるだろう。それと、隠しごとはナシだ」

「あ、はい……あの、ヤクザの入れ墨って龍《りゅう》とか唐獅子《からじし》とか迫力あるのだと思ってたので、きれいで意外だったというか――いいえ、鳳凰も威厳がありますけど」

瑞緒の答えに、久我はおかしそうに笑う。

「まあ、なにを彫るかは好みだろうな。今どきは墨を入れない奴も多い。親父は唐獅子だぞ。お袋は牡丹《ぼたん》だった。対だからって、嫁に来てから入れたらしい」

唐獅子に牡丹とか虎に竹とか対の組み合わせがあるのだと聞いて、奥が深いものだと瑞緒は感心した。

「あの！　鳳凰はなにが対なんですか？」

そう訊くと、久我は胡乱《うろん》げに目を細め、身体ごと向き直った。

「聞いたことがないな。だいたい鳳と凰でつがいだから、あえて組み合わせるなら二羽か」

「これをもう一羽……」

思わず呟いた瑞緒の頭を、久我は摑むようにして撫でた。

「おまえに墨を入れてほしいなんて、全然思ってないからな」

「でも、久我さんの妻になる覚悟というか、それを示せるなら――」

「いらん、そんなもの」

久我は一蹴して、瑞緒の顔を覗き込んだ。

「俺を好きでいてくれる、その気持ちだけで充分だ。あえて望むとしたら――」

「なんですか？　なんでも言ってください」

勢い込んだ瑞緒に、久我はニヤリとした。

「そろそろ久我さんは卒業しないか？　さっきはどさくさで呼んでくれただろう？」

瑞緒は頬を赤らめつつ囁く。

「……宗輔……さん……」

「うん、いいな」

シャワールームはバスタブこそないけれど、ふたりで入っても充分広く、レインシャワーも備わっている。先に入った久我は後ろ向きで髪を洗っていたが、逆三角形に引き締まった身体と長い脚、そして身にまとった鳳凰に見惚れてしまう。

この人が私の夫になるんだ……すごい。嘘みたい。

ふいにガラスのドア越しに久我が振り返ったので、瑞緒は慌てて目を背けた。

「みっ、見てません！」

「俺は見てるけどな」

そう言われて、自分の身体を隠していなかったことに気づき、慌てて両手で覆う。今さらだろう、と久我に笑われながら、シャワールームに招かれた。

「酔いはだいじょうぶですか？　気分は――」

「瑞緒に好きだって言われて、酔いなんか吹っ飛んだよ」

ここを使うのは初めてだった。ティーツリーの香りのバスジェルやシャンプーで統一されている。久我が愛用するトワレと似た香りで、久我に包まれているような心地がする。

ジェルをまとった手が、瑞緒の身体を撫で回す。

「じ、自分で……久我さ――宗輔さんこそ、シャンプーが途中でしょう」

「じゃあ、続きをしてくれ」

そう言って俯く久我に、瑞緒は胸が騒いだ。

これって、甘えられてる？

久我がそんな態度を見せるなど初めてのことで、自分たちの関係が大きく変わったことを実感した。恋人同士――いや、いずれ夫婦になるのだ。

瑞緒が思いきり腕を伸ばして髪を洗うと、目を閉じた久我が笑みを浮かべた。

「こんなことしてもらえるなんて、想像の中だけのことだと思ってた」

それは瑞緒だって同じだ。こんなふうに久我に触れられるなんて、数時間前まで考えられなかった。

「上手にできるように練習しますから、これからも洗わせてくれますか?」

「練習もつきあう」

久我はそう言ってスイッチを操作し、頭上からシャワーの雨を降らせた。瑞緒の背後から伸びた手が胸に触れる。すくい上げるように手のひらで包み、指の腹で先端を捏ね、硬くなったそれを弾く。

「あ、あっ……」

仰け反った瑞緒の下腹を辿《たど》った指が、スリットの間に割り込んだ。すでに蜜にまみれて尖っていた花蕾を撫で上げられて、瑞緒は胸を弾ませて悶《もだ》えた。

「やっ、そんな……」

「そんな?　好きだろう、こうされるの」

耳朶を食みながら囁く声に、項が粟立つ。

「好きだよな?」

指の動きが激しくなって、瑞緒は嬌声を上げた。

「……好き、好きです……」

「可愛すぎるだろ……」

そんな呟きも聞き流してしまうほどの悦びに襲われて、瑞緒は達した。そのまま脱力しそうになる身体を、久我は軽々と抱き上げ、シャワールームを出た。

共に濡れた身体のまま、ベッドに倒れ込む。

「びしょびしょ……」

「俺が後でシーツを取り替えるよ」

「私の仕事を取らないでください」

「ベッドメイクは重要な仕事じゃない。おまえにいちばんしてほしいのは、俺のそばにいてくれることだ」

深く唇を重ねながら、久我の手が瑞緒に触れ、快感を掘り起こしていく。乳頭を吸い上げられて、喘ぎながら仰け反った。倍にも膨れ上がったような気がするそこに歯を立てられて、瑞緒は久我の頭を掻き抱いた。

久我が髪から滴《しずく》をしたたらせながら、身体を下にずらしていく。同時に脚を大きく開かされて、吐息を感じた瑞緒は震えた。

「よく見える……」

笑いを含んだ声に、はっとする。ふだんよりも明るいけれど、それはソファ周辺で、ベッドサイドの照明は消えている。それとも、無毛の秘所を指しているのだろうか。今さらながら、処置を施したそこを久我がどう思っているのか気になった。

「……嫌ですか？　生えてないの」

「なにを言うかと思えば……おまえが言ってくれたのと同じで、全部含めて瑞緒が好きだよ」

次の瞬間、指先で花蕾を突かれて、瑞緒は声を上げた。

「よく見えるのはこれだ。思いきり尖って、可愛がってほしそうにしてる」

思わず視線を向けると、瑞緒の目にもそれははっきりと確認できた。ふだんは襞の奥に潜んでいるはずなのに、と自分が昂っているのを突きつけられたようで、恥ずかしくも興奮する。

そのまま久我が顔を伏せるのが目に入ったかと思うと、溜《た》まった蜜をすくい上げるようにあわいを舐め上げられ、ぬめった舌で花蕾をなぞられた。

「あっ、あっ……」

シャワールームで一度達していたからか、瑞緒はすぐに追いつめられた。さらに指を差し入れられて、奥を探られる。

これまでで少しずつ慣らされていて、痛みを覚えることもなく、久我の愛撫を受け入れるようになっていた。

でも、今は――。

瑞緒は快感に酔いながら、久我を押し返す。

「ま、待ってくださいっ……」

顔を上げた久我が、手の甲で無造作に口元を拭う。そのしぐさと、瑞緒を見上げる双眸の熱っぽさに、鼓動が跳ねた。

……好き。この人が大好き……！

瑞緒は両手を伸ばした。

「来て……宗輔さんが……欲しいです……」

久我は膂力《りょりょく》に任せて一気に這い上がると、瑞緒の腰を抱いた。

「なんでも先回りして言うなよ。俺は……ずっとおまえが欲しかった――」

蕩《とろ》けた秘所に押しつけられた塊が、少しずつ瑞緒を拓《ひら》いていく。その熱さ、硬さ、大きさに、瑞緒は息を詰めた。

これまで久我は服を脱ぐことがなかったので、シャワールームで初めてその身体を見た。異性の裸体に狼狽えはしたものの、反応していない状態だったからかさほど気にならなかった。

絶対に倍、ううん、それ以上になってる……！

しかも、それを瑞緒の身体は受け入れようとしているのだから、人体というのは不思議なものだ。

ぐい、と腰を入れられて、瑞緒は久我にしがみついた。

「やっ……大きい……」

「そういうことを言うと、逆効果だ」

自分の中で大きく脈打ったものに、びくりとする。

「痛いか？」

気づかう久我に、瑞緒はかぶりを振った。

「宗輔さんが……いるんだと思ったら、嬉しくて……やっと――」

「言うな。俺だって、何度あのままやっちまおうと思ったか……けど、いずれ出ていくなら疵物《きずもの》にしちゃいけないって――今となっては、なんの我慢だったたんだって話だな」

久我は瑞緒の頬を手で包んで笑った。

「我慢してくれてたんですか……そうだったたんですね。もう我慢なんてしないでください」

「その言葉、後悔するなよ」

久我は瑞緒の太腿を押し上げると、腰を引いた。中を擦られる感覚に総毛立った瑞緒は、再び深々と押し入ってきたものに喘いだ。

そこからは激しい抜き差しが繰り返され、乳房を揉む手も吸い上げる唇も、瑞緒をずっと求めていたという久我の思いの丈を表すかのように情熱的だった。

びくん、と腰が跳ねる。下腹の奥で火花が散るような刺激に、瑞緒は久我の肩にしがみついた。

「やっ、そこ……」

「うん、ここがいいよな。きゅうきゅう締めつけてきた」

「しっ、知りません！」

「もっとよくしてやる」

上体を起こした久我に狙い澄ましたように感じるところを突かれて、瑞緒は身を捩ってよがった。いつしか久我の動きに合わせて腰を揺らして、高みを目指していた。

久我が覆いかぶさってきて、吐息が混ざり合う。引き寄せられるように唇が重なる。息苦しくて、でも、放したくなくて――。

久我のかすかな呻きが耳を掠める。薄目を開くと、悩ましげに眉を寄せた顔が間近にあった。

……宗輔さんも感じてくれてる？

そう思ったとたんに、身体が甘く痺れた。奥底から膨れ上がった悦びが久我に深く突き上げられて弾ける。快感に歓喜する媚肉が、久我に震えながら絡みつく。

瑞緒をきつく抱きしめた久我は、瑞緒の口中に深い吐息を洩らした。

一度自分がバラバラになって、新しい自分に組み立て直されたような心地で、解放された唇で荒い息をつく。重なった胸で、互いの鼓動が響き合っていた。

生乾きの髪を掻き上げて、久我は瑞緒に啄《ついば》むようなキスをする。

「愛してる……これからもずっと」

「私も宗輔さんを……愛してます」

愛しているなんて、どんなときにどんな顔で言うのだろうと以前は思っていたけれど、今はごく当たり前に、いや、それ以外の言葉はないとまで思えた。

それも久我を好きになって、彼からも愛されたからこそだろう。久我に愛を教えられた。

「……まいったな——」

苦笑した久我は、瑞緒の背を抱いて一気に身体を起こした。

「きゃ……宗輔さん？　あっ……」

まだ身体は繋がったままで、久我の膝に乗り上げる体勢になった瑞緒は、いっそう深く押し入ってきたものに狼狽えた。それは力強く脈打つ。

「まだ放してやれそうにない。もっとおまえが欲しい」

味わうようにゆっくりとしたリズムを刻みながら突き上げる久我の肩に、瑞緒は両腕でしがみついた。

第五章　婚約時代は夢見心地

翌日、瑞緒は改めて母屋の組長を訪れた。

久我の出がけにそのつもりでいると伝え、手土産の相談をすると、『あんななりして、生クリームが好きなんだよ』

とのことだったので、シフォンケーキを焼いて食べやすい大きさにカットし、切れ込みを入れてクリームとフルーツを挟んだ。

それを持参すると、組長はたいそう喜んでくれた。

「瑞緒さんの手作りか。大したもんだなあ。おい、羽鳥！　コーヒー淹《い》れてくれ」

「あ、よければ私が――」

「そのうち頼むよ」

案内されたのは洋風に改装されたリビングだった。杖を必要とするので、日常生活にはそのほうが楽だと、組長は笑う。

「ゆうべは突然お邪魔しまして……その上、あの……」

初対面で結婚宣言をした失礼を詫《わ》びたのだが、組長は大きく手を振った。

「なんの。呼び出したのはこっちだし、あいつが結婚する気になったなら嬉しいよ」

コーヒーとともに運ばれてきたシフォンケーキを、組長はさっそく手摑みで頰張り、美味い、と目を瞠った。

「料理もずいぶんやるそうだな。あれを食ったこれが出たと宗輔に自慢されて、若いもんが羨ましいとぼやいてた」

「そんな、ふつうの家庭料理です。それくらいしかできることがなくて……こちらの世界のこともなにも知りませんし、ご迷惑をおかけすると思いますが――」

途中から言いわけじみていると感じ、これではいけないと瑞緒は居住まいを正して、組長を真っ直ぐに見た。

「それでも宗輔さんのそばにいたいんです。努力しますので、どうかお許しください」

久我と離れるなんて、もう考えられなかった。

組長は目を細めて、うっすらと微笑む。

「あいつの母親が亡くなった経緯は知ってるか?」

瑞緒が首を振ると、組長は「直接聞く前に言っていいのかな」と呟きながらも、なにがあったのかを語った。

「会合に連れ立って出かけたとき、因縁のある敵に襲われてな。向こうの狙いは俺だったのに、女房は盾になって切られたんだ。手の施しようもなくて、そのまま死んだ……あいつはまだ八歳だったな」

……そんなことが……。

一般社会で生きていればまずありえない出来事に、瑞緒は極道の世界の恐ろしさを感じながらも、それ以上に久我が受けた心の傷の深さを思った。

「当たり前のことだが、子ども心にそうとうなショックを受けたらしい。俺に反発もしたし、一時は家を離れて家業と無縁の生き方をしようともした。それはそれでかまわないと思った。ヤクザなんて、なりたくもなくて務まるもんじゃねえからな」

留学の理由はちょっとした反抗期かと思っていたけれど、もっとずっと根深いものだったのだ。そのつらさを想像するだけで、瑞緒は胸が痛くなる。

「それでも俺を含めて組のことが気になってしかたなく、けっきょくは戻ってくる覚悟を決めた」

そこで話を区切り、組長は手ぶりで瑞緒に了解を得て、煙草に火をつけた。紫煙がゆっくりと広がっていく。

「けど、所帯を持つことには後ろ向きだった。てめえがヤクザのせいで、妻子どもも危険に晒すと思うと、二の足を踏んだんだろう。基本、甘い奴だからな」

「宗輔さんは優しいんだと思います」

思わず言い返した瑞緒に、組長は煙にむせたように笑った。

「それを翻して、あんたと結婚すると言ったんだ。なんだ、トラウマってやつか？　それが完全に消えたとは言わないが、向き合う気にはなったんだろう。組の先行きを考えてのことじゃなく、一緒に生きていこうと思う相手ができたのがいいことだと思ってるよ。それに、瑞緒さんは意外と肝が据わってる」

組長が全面的に歓迎してくれていることを嬉しく思い、また、久我の心の傷を慮《おもんぱか》っていこうと考えていたところに、思いがけない言葉を聞いて、瑞緒は目を瞬いた。

「……え？　私がですか？」

煙草を消した組長は、腕組みをしてソファにもたれ、大きく頷いた。

「そうとも。いくら結婚相手の父親でも、ヤクザと単身で会おうとは、なかなか思わないもんだ。それに、言うべきことははっきりと言う」

さっきのことかな？　だって、宗輔さんは本当に優しいから……。

肩をすぼめて俯く瑞緒に、組長は身を乗り出して頭を下げた。

「不肖の息子だが、生涯連れ添ってやってくれ。よろしく頼む」

瑞緒は慌てて立ち上がり、頭を下げ返した。

「こ、こちらこそ不束者《ふつつかもの》ですが、よろしくお願いいたします！」

「うーん、いいねえ。こんな台詞《せりふ》を聞ける日が来るなんて。そうだ、瑞緒さん、ちょっとついて来てくれないか」

組長に連れていかれたのは、奥の座敷だった。使われていない部屋のようだが、きれいに掃除されている。

桐簞笥《きりだんす》の前に腰を下ろし、抽斗から次々に畳紙《たとうがみ》を取り出した組長は、瑞緒を振り返った。

「女房の着物だ。全部残してあるから、着てくれると嬉しい」

畳紙を開くと、銀鼠《ぎんねず》に秋の草花を描いた訪問着が現れた。別の畳紙からは、東雲《しののめ》色の留袖が。着物には不案内な瑞緒だけれど、どれもきちんと手入れされているように見える。

「一応季節ごとに干したりしてたから、傷んではいないだろう。三十半ばまでに誂《あつら》えたやつだし、瑞緒さんとは背格好も同じくらいだから、着られるんじゃないか？」

「はい……でも大切なお品を、私なんかが……」

「こういうのは簞笥に寝かせておくんじゃなくて、着てなんぼのもんだ。それに脅すわけじゃねえが、これから着物を着る機会は増えると思うぞ」

揶揄うように笑う組長に、瑞緒はありがたく使わせてもらうと答えた。

夕方、食事の支度をしていた瑞緒のスマートフォンに、久我から着信があった。

【小一時間で戻るが、ちょっと人を連れていく】

そんなことは初めてで、瑞緒は慌てながらも嬉しくなった。久我の知人に紹介してくれるのだろう。

なんて？　妻です、とか。あ、まだ早いか。

そういえば、鮨屋で話題に上った尾木という男には、瑞緒を会わせようとしなかったと思い出す。あのころはまだ互いの気持ちを知らず、久我もいずれ瑞緒を手放すつもりでいたから、これ以上極道の世界に関わりを持たせないようにしたのだろうか。

そのうち、その人にも会わせてもらえるのかな……。

「今日はてんぷらとざるうどんなので、多めに作りますね。お客さまはおひとりですか？」

ちょっと浮かれつつも確認すると、久我は電話越しにも嫌そうに言い返した。

【いい、いい。お茶だけで。すぐに帰すから。どうしてもおまえに会いたいって言うから、急な押しかけを許したんだ】

口ぶりからして気安い間柄のようで、それなら言うとおりにお茶と、組長に持って行ったシフォンケーキの残りを出すことにした。

後はてんぷらを揚げてうどんを茹でるだけまで下準備を済ませ、リビングをざっと片づけていると、玄関のドアが開く音がした。瑞緒は急ぎ駆けつける。

「おかえりなさい――あ……」

久我の隣に立っていたのは、二十代後半くらいの美人だった。艶やかなロングの黒髪で、毛先だけをカールさせ、メイクもばっちりと決めている。長身にノースリーブとパンツのセットアップがよく似合う。

「こんばんは、お邪魔します」

微笑む美女に、瑞緒ははっとして頭を下げた。

「いらっしゃいませ」

女の人なんて、予想外だ……しかも超美人。

顔を上げると、久我が決まり悪そうに顔をしかめていた。

「吉原由香里だ。うちの組が懇意にしてる吉原組の組長の娘で、あー……」

「縁談相手、でしょ」

それを聞いた瑞緒の心臓が跳ねる。昨夜、組長が言っていたのは、由香里のことだったのか。しかし瑞緒と久我の結婚を賛成してくれているようだったし、日中に訪れたときには形見の着物まで見せてくれた。

「よせよ、ただの幼馴染だろう。自分だって、俺と結婚なんてありえないって言ってたくせに」

「だってありえないもの」

赤い唇を尖らせた由香里は、瑞緒に近づいて深々と頭を下げた。

「まずは謝らせて。うちの若い衆が、とんでもない失礼をしたそうで、本当に申しわけありませんでした」

「え……？　あの——あ……」

映画の帰りにチンピラ風の男たちに絡まれたとき、久我が発したのが由香里という名前だった。女組長だろうかと想像したけれども、当たらずとも遠からずだったらしい。

「い、いいえ。宗輔さんが来てくれましたし」

「怖かったでしょう。本当にごめんなさい」

「まったくだ。おまえのとこの奴だから手を上げなかったが、瑞緒になにかあったら、ぶん殴るくらいじゃ済ませなかったぞ」

「話を聞いて、うちでぶん殴っといたわ」

図らずもヤクザらしい血の気の多さが窺える会話を聞いて、瑞緒はドキドキしながらふたりを促した。

「立ち話もなんですから、どうぞ——」

リビングのソファに落ち着いた久我と由香里に、紅茶とシフォンケーキを供すると、由香里は手を叩いて喜んだ。

「美味しそう！　もしかして手作り？」

「美味しそうじゃなくて美味いんだよ。心して食え」

そう言う久我は、手掴みでシフォンケーキにかぶりつく。同じようなシーンを昼間も見たなと思い、甘党でもあるのは父親譲りだろうかと考えていると、由香里が感嘆の声を上げた。

「美味しい～！　これは胃袋を掴まれるわね」

「おまえも見習え。堂本《どうもと》に振られたら後がないぞ」

「お生憎さま。堂本はそれも含めて私に惚れてるのよ」

つい最近、似たようなやり取りを交わした瑞緒は、堂本というのが由香里の恋人なのだろうかと思った。久我のことを信じているとはいえ、縁談相手と顔を合わせて、実は心穏やかではなかったのだ。由香里が謝罪のために訪れてくれたとしても。

実際、幼馴染だという久我と由香里の会話は、遠慮がなくテンポがよく、それが長年の間に培われたものだとしても、やはり少し妬《や》ける。

表情には出さなかったつもりだけれど、久我は瑞緒を見て説明した。

「堂本は吉原組の若頭補佐だ。いい男なんだが、女の趣味はイマイチだな」

「ほっといてよ。あんたに関係ないでしょ」

由香里は美しい顔を歪めて久我を睨むと、一転して瑞緒に微笑みかけた。

「でも、このシフォンケーキは教えてもらいたいかな。また、お邪魔していい？　うるさい男のいないときに」

「えっ、ええ、もちろんです。私でよければ……私も由香里さんにいろいろと教えていただきたいです」

由香里は長く濃い睫毛《まつげ》を揺らして目を瞠り、にっこりした。美女の笑顔は迫力がある。

「もちろんよ！　ああ、なんて可愛いの！　私が男だったら奪い取るところだわ。宗輔になんかもったいない」

「どさくさに紛れてなにを言ってんだ、おまえは。まあ、おまえが男だったらよかったのに、ってのは同意するけどな」

由香里は小一時間で席を立ち、瑞緒と久我はガレージまで見送りに出た。

白いセダンの後部席に由香里を乗せると、運転席に回った男がこちらを振り返って一礼した。会釈を返して、門を出ていく車を見送る。

「もしかして、あの人が堂本さんですか？」

「いや、ただの運転手だろう。今のところ、由香里と堂本の仲は吉原組には知られてないはずだ」

言われてみれば、だからこそ吉原組の組員も、縁談相手の久我が瑞緒とうつつを抜かしていると思って脅してきたのかもしれない。

「堂本も苦労するだろうな。由香里の兄貴の若頭は、けっこうなシスコンだ。そのせいで、俺は子どものころいじめられた」

「そうなんですか？」

久我や由香里、まだ見ぬ吉原組若頭の子ども時代を想像して、瑞緒は口元を緩めた。由香里の恋はまだ乗り越えるべきものがあるようだけれど、全部含めて好きだと言ってくれる相手なら、きっと離れることはないだろう。


数日後、由香里はさっそくエプロン持参でやってきた。

シフォンケーキを焼いて大満足の由香里に、今度は瑞緒が着付けを教えてもらう。着物は前もって組長に相談したところ、喜んで形見の付下《つけさ》げを貸してくれた。

「まともに着物を着たのなんて、成人式くらいで……それもレンタルだったから」

どうせもう着ないのだからドレスでも買ったほうがいい、というのが両親の考えだった。

「私も教えるほどじゃないけど――ああ、いい着物ねえ。さすがはおばさまだわ」

「そういう、いい悪いっていうのもわからなくて」

「堅苦しく考えなくていいんじゃない？　好きかどうか、似合うかどうかで決めちゃえば。宗輔ならなんでも似合うって言うだろうし」

由香里は無造作に着物と長襦袢《ながじゅばん》を衣桁《いこう》に掛け、帯や小物も次々に取り出していく。畳み方もわからない瑞緒は、畳紙を捲く程度しかできなかったのに、さすがは慣れたものだと感心する。

「やっぱり小さいときから教えられたんですか?」

「え? いや、まさか。伝統芸能の家じゃあるまいし。ヤクザだって日常生活はふつうでしょ? うちはたまたま母が着物好きでふだんから着てるから、なんとなく覚えたっていう感じ。あ、小物は新しいのを買ってきたから、まずはこれ着て」

肌襦袢と裾除けを身に着けると、長襦袢を手に待ちかまえていた由香里が、てきぱきと瑞緒の身体を覆っていく。ずっと説明をされているのだが、なかなか頭に入っていかない。こんな調子でひとりで着られるようになるのだろうか。

「——はい、完成。こんな感じです。どう?」

全身が映る鏡に改めて向かうと、ふだんよりもずっとおとなっぽく淑やかそうな自分がいた。絽《ろ》の付下げは茄子紺《なすこん》の地に点々と蛍火が灯り、露草が葉を伸ばしている。絽綴《ろつづ》れの名古屋帯《なごや》は鳥の子色の流水模様で、ところどころに金糸が織り込まれていた。

「……すてき……あ、着物が、ですけど」

「なに言ってるの。全部ひっくるめてすてきよ。宗輔も惚れ直すこと間違いなし」

そう……そうかな? 着付けを教えてもらうって言ったら、まんざらでもなさそうだったものね。

「あの、畳み方を教えてもらえますか？　宗輔さんが帰ってきたら見せたいので、このまま着ています」

瑞緒の言葉に、由香里はにんまりとした。

「宗輔のほうも見たいって。見せびらかしたいから、銀座で待ってるそうよ」

どうやらすでに段取りが組まれていたようで、由香里の車で送っていってくれるそうだ。

「ええっ？　でも、心の準備が……」

「そんなもの、見た目が整ってれば問題ないわよ。強いてアドバイスするなら、ふだんより歩幅を小さめに。まあ、宗輔に摑まってればいいんじゃない？」

ざっとシニヨンにしていた髪を、由香里が編み込みで結い直してくれた。仕上げに、透かし彫りの小さめの簪《かんざし》を挿してくれる。

まず、母屋の組長に着物姿を見せ――組長はたいそう喜んでくれて、今度一緒に出かけようと誘ってくれた――、吉原組の組員が運転する車で、銀座へ向かう。

「あ、さすがに時間前に待ってたわね。着物の女性を待たせるなんて言語道断だからね」

東銀座の交差点手前に立つ久我は、人波の中にいても目立った。黒のピンストライプスーツに、暗色のワイシャツとネクタイというコーディネートが、遊び人やチャラい風でなく、ぎりぎり粋に見える。

久我の前で車が停まり、由香里が先に降りて瑞緒の降車をサポートしてくれた。

「どう？　すてきでしょ。私の腕を見直したんじゃない？」

瑞緒を前にした久我は、ガン見で無言だ。こう直視されると、なにも言い出せない。

「……聞いちゃいないわね。車を出して」

由香里はさっさと車に乗り込むと、走り去ってしまった。

人通りの中で突っ立っているのも迷惑なので、瑞緒は久我に呼びかける。

「どうでしょう？　着慣れなくて、落ち着かないんですが」

久我は我に返ったように目を瞬くと、何度も頷いた。

「いや、いい。よく似合う。驚いたな……こんなに着物が似合うなんて」

「由香里さんが上手に着せてくださったからです」

「おまえが着るから着物が映えるんだ。せっかくだから歌舞伎《かぶき》でも観ていくか」

すぐそこに、リニューアルした歌舞伎座が堂々たる姿を見せている。瑞緒はそれを見上げながら、少し躊躇した。

「……観たことないんですけど、だいじょうぶでしょうか？」

「一幕見なら気軽に行ける。なに、雰囲気だけ味わえばいい。どうせよく見えないから」

その言葉どおりに、客席にいたのはわずかな時間で、ショップを見て回る時間のほうが長かった。ショップのスタッフに瑞緒の着物姿を褒められるたびに、久我が買い物をするものだから、歌舞伎座を出たときには両手に紙袋を抱えていた。

「どうするんですか、それ」

「若い衆に土産ができただろう」

「フェイスパックなんて使うでしょうか？」

「シュンあたりなら面白がって使うかもしれない」

隈取《くまど》り柄のパックを貼りつけて、見栄を切るシュンや加瀬林の姿が目に浮かび、瑞緒はくすくすと笑った。

「そうやって笑ってろ。おまえは笑顔がいちばん可愛い」

さらりとそんなことを言われて、瑞緒は耳が熱くなるのを感じた。

互いの気持ちを確かめ合って数日。その間に、何度こんなふうにドキリとさせられたことだろう。

それまでの久我は、瑞緒が心を寄せていることに気づいていなかったし、いずれ瑞緒を解放するつもりでいたから、自分の気持ちを表すこともなかった。だから、見た目どおりにクールなタイプなのだろうと思っていたが、意外に褒め言葉を惜しまないし、独占欲のようなものを見せもする。

そのたびに狼狽えてしまうけれど、本当に久我に愛されているのだと感じられて、瑞緒の胸は熱くなる。そして、もっと久我を好きになる。

こんなに幸せでいいのかな……。

両親が亡くなり、大前と結婚するしかないと思っていたころは、自分の人生なんてそんなものなのだと半ば諦めていた。しかし、土壇場で行動を起こしたときに久我と出会い、思いもよらない世界に飛び込むことになった。

それが極道の世界でも、瑞緒はこの選択が間違っていたとは思わない。そこに愛する人がいたから――。

幸いなことに周囲の人たちにも恵まれ、瑞緒はこれまででいちばん人生を謳歌《おうか》しているといえた。

久我が瑞緒を選んでくれた以上は、彼の妻として全力で尽くしたいと思っている。いずれ久我は組長となる立場で、その妻の務めも多岐にわたると想像がつく。

でも、精いっぱい頑張る。宗輔さんがそばにいてくれるなら……頑張れる。

鰻《うなぎ》が食べたいという久我に連れられて、夕食は老舗の鰻料理店へ向かった。

「少し歩くが、だいじょうぶか？」

気づかってくれる久我に笑顔を返し、銀座の街を歩く。行き交う人の視線にも以前なら緊張や委縮を感じたのに、今はもっと見てほしいくらいで、十数分はあっという間だった。

個室に通されて注文を済ませると、久我は改めて瑞緒をじっと見つめた。

「……どこか変ですか？」

「いや、完璧だ。いつまでも見てられる。ここの鰻は美味いけど、出てくるまで時間がかかる。ゆっくり鑑賞できるな」

ビールが運ばれてきて、久我と瑞緒は乾杯した。歩いたせいか喉が渇いていたので、最初の一杯だけつきあうことにしたのだ。

「ビールが美味しいと思ったの、初めてです」

「もっと飲んでもいいぞ。俺の前でならな」

喉を滑り落ちていく冷たさに爽快感を覚えて、瑞緒は息をついた。

「瑞緒――」

名前を呼ばれて目を上げると、久我が真剣な眼差しを向けていた。瑞緒のほうこそ、久我をいつまでも見ていたいという気にさせられる。

「改めて言う。俺と結婚してくれ」

ほんの少しのビールが、急激に酔いを引き起こしたような気がした。

……こ、これは……もしかしなくてもプロポーズ？

組長の前でどさくさに紛れての結婚宣言、続いて互いへ告白し、すでに結婚を控えた間柄と思っていたので、世間でイベント化しているプロポーズの言葉がなかったことは気にしていなかった。というか、気づいていなかった。

「……そ、それは、もちろんです。こちらこそ、よろしくお願い――」

テーブルの向かいから久我の手が差し出され、そこにリングケースがあるのに気づいて、瑞緒は目を瞠る。

「え……?」

朱色のレザータッチのケースが開かれると、ダイヤモンドのリングが輝きを放った。久我はリングをつまみ上げると、瑞緒の手を取って薬指にはめた。

「……きれい……」

シンプルなデザインだが、大きなひと粒ダイヤは迫力があった。貴金属に縁はなく、さして興味を持っていなかった瑞緒でも、その美しさには見入ってしまう。

「おまえの気持ちを知って翌日には、店に飛び込んで注文した。急かしまくって、さっき引き取ってきたんだ」

久我の行動力に驚きながらも、それが瑞緒のためだと思うと、指輪以上にその気持ちが嬉しい。

「忙しいのに……ありがとうございます。とても嬉しいです。よくサイズがわかりましたね」

瑞緒自身、サイズを知らないのに、大きさはぴったりだった。

「寝てる間に測った。もし合わないようなら、後でいくらでも直せる」

「いいえ、このままで」

瑞緒が両手を胸に押し抱くと、久我はほっとしたように笑みを浮かべた。

「本当はロマンティックな演出をすべきなんだろうが、鰻屋でビールですまないな」

「そんなことありません。思いがけなくて、本当に嬉しいです。一生忘れません。ああ、でもどうしよう……私、なにもお返しできるものがありません」

貯金をはたけば記念の品くらいは買えそうだけれど、久我が好みそうで、かつ彼にふさわしいものには手が出ないだろう。

「そんなもの、必要ない。おまえが妻になってくれるだけで充分だ。でも、結婚指輪は買いたいな。一緒に選びたい」

「ええっ……」

この上さらに散財させてしまうのかと、瑞緒は慌てた。久我のことだからきっと高級品を選ぶだろう。これまでもたくさんの品物を買ってもらったのに。

しかし瑞緒の反応を、久我は別なものと思ったらしい。

「やっぱり結婚の支度にいい思い出はないか？　気が進まないと言うなら――」

大前との結婚が嫌で、ウェディングドレス姿で逃げ出した瑞緒が、一連の結婚イベントにトラウマを持っているのではないかと、久我は懸念しているようだ。

「そんなことありません！」

瑞緒は強く否定した。久我と大前を同列に捉えるなんてありえない。そこはもう、きっぱりはっきりと否定しておきたい。

「正直なところ、そんなこと忘れていました。宗輔さんがすてきで、組の皆さんも優しくて……今の生活をありがたく思っています。だから、これ以上なにもいりません。宗輔さんには、もういろいろ買ってもらいましたし——」

久我は瑞緒の手を取ると、ダイヤモンドが輝く指に唇を寄せた。

「金のことなら気にするな。一生贅沢《ぜいたく》させるくらいの甲斐性はある。それで少しでもおまえが喜んでくれれば、俺は大満足なんだよ。それくらいさせろ。俺だっておまえの夫面がしたい。身に着けるものを買ってやるのは、旦那の特権だろう?」

そうまで言われてしまうと、頑なに遠慮するのも可愛げがない。瑞緒を甘やかすことで久我が楽しいなら、拒むのは逆効果だ。

「……結婚指輪……宗輔さんと同じデザインがいいです」

「まったく同じでいいのか? 女物はダイヤが入ったりするんじゃないのか?」

「同じがいいです」

瑞緒が繰り返すと、久我は嬉しそうに笑った。

「そうか。どこのがいいかな? ああ、もう店が閉まるな。明日出直すか。ちなみにどういうのがいいんだ?」

いそいそとスマートフォンを出して検索を始めた久我に、瑞緒はその手元を覗き込んだ。

「そうですね――」

「あららら、姐さん！　なにやってんすか！」

シュンの素っ頓狂な声に、瑞緒は草むしりの手を止めて顔を上げた。母屋の生垣に沿って、雑草が生え始めていたのだ。数日おきに組の若い衆が手入れをしているようだが、季節柄毎日伸びる。

「ちょろちょろ生え出してたから。早めに取ってしまえば楽でしょう？」

瑞緒が腰を伸ばして、ビニル袋に入れた草を見せると、シュンはそれを奪い取った。

「それは俺らの仕事ですって。姐さんにこんなことさせたって知られたら、カシラにどやされます」

「手が空いてる人がやればいいじゃないですか。それよりシュンさん、姐さんって……」

「姐さんでしょ？　うちの組の姐さんになってくださるんでしょ？」

ずいと迫られ、瑞緒は戸惑い、視線を逸らした。

「そうですけど……まだ早い、というか……」

「祝い事は早くてもいいんすよ。あと敬語、ぼちぼち改めてくださいよー」

「それもまだ早いっていうか……」

照れる瑞緒の横でしゃがみ込んだシュンは、せっせと草をむしり始める。慣れたもので、瑞緒の作業より数倍速い。

「じゃあ、私は向こうを――」

「姐さん！　日焼けしちゃいますよ。家に入ってください」

「はい……じゃあ、よろしくお願いします……」

すごすごと踵を返した瑞緒に、シュンが呼びかけた。

「あ、そうだ！　夕方、ちょっと事務所に来てもらえますか？」

「え？　はい、わかりました。なにかお手伝いすることでも？」

「あー、まあそんなカンジっす」

それを聞いて、瑞緒は俄然《がぜん》張り切った。

組事務所には一度行ったことがあるが、墨痕鮮やかな掛け軸や、代紋を象った額縁が壁に掛かっている以外は、ふつうのオフィスとそう変わらない。いや、そこにいる面子《めんつ》がけっこう――かなり強面揃いだが。

それでも、瑞緒がおっかなびっくり訪れたときには、お茶だ菓子だとテーブルに並べて歓迎してくれた。

掃除も行き届いてるのよね……私にできることなんて、なにかあるのかな？

しかしヘルプを頼まれたからには、頑張って働こう。いずれ組をまとめる久我の妻となるのだから。

それにしても、姐さんだって……どうしよう。それっぽい服なかったかな？　いやいや、掃除とかの手伝いだろうし。

由香里に頼んで、着付けの稽古を増やしてもらおう。瑞緒の頭には、夜会巻きで粋な縦《たて》縞《じま》の着物を着こなす己のビジュアルが浮かんでいた。

夕食の支度を含め、すべての家事を早めに済ませて、シュンに電話をかけると、

【あー、姐さん！　ご足労いただいて恐縮っす。迎えに行きましょうか？】

背後で野太い声が行き交っている。忙しそうだ。

「お迎えなんて、こちらが恐縮してしまいます。すぐ行きますね」

瑞緒はそう答えて、エプロン姿にサンダルをつっかけて離れを出た。母屋の生垣沿いに進み、事務所の裏口から入ろうとしたのだが、門のそばで加瀬林が手を振っていた。

「姐さん、こっちにどうぞ！」

みんなもう、姐さん呼びで統一なのかな？

瑞緒が小走りに向かうと、加瀬林は先に立って表口へ歩いていく。

「いやあ、エプロン似合いますね！」

「ありがとうございます……」

「じゃ、開けますね！　あ、姐さんはここに立ってください。三、二、一――」

　ホテルのベルボーイのように、スライドドアの横に立って手をかける加瀬林の態度を、瑞緒は明らかにおかしいと思いながら、ドアの前に立った。

　ドアが開いた瞬間、クラッカーが次々に打ち鳴らされる。びくっとして身を引きそうになった瑞緒に向けて、「おめでとうございます！」と低音の唱和が響き渡った。

　改めて事務所内を見回すと、大勢の組員が並んで拍手をしていた。デスクやテーブルにはテイクアウトのチキンやデリバリーのピザ、鮨桶まで並んでいる。さらに数えきれないほどの缶ビールや、焼酎のボトルも。壁には色紙を切って輪を繋いだ鎖や、薄紙で作った花が飾られていた。まるで幼稚園の発表会だ。

　呆然と立ち尽くす瑞緒の前に、パーティーグッズの巨大な蝶《ちょう》ネクタイを首につけたシュンが飛び出してきた。

「僭越《せんえつ》ながら、本日のMCを務めさせていただきます。姐さん、これ掛けてください」

　瑞緒の肩に掛けられたのは、【本日の主役】と書かれたたすきだ。

「桐生瑞緒さま！　このたびはうちのカシラとのご婚約、おめでとうございまーす！」

　シュンの発声に合わせて、口々に祝福の言葉がかけられた。ようやく瑞緒も、これが組員たちの心尽くしの祝いの席なのだと理解する。同時に、彼らに認められて久我の妻になれる嬉しさに、胸が熱くなった。

「常々思ってたんすよ。あんな男前でイケてるうちのカシラが、なんでいつまでもひとりもんなんだろうって。世の女どもは見る目がねえな、って――」

そうだそうだと同意の声がする一方、スピーチが長えよ、とクレームも聞こえる。

「――と、まあ、めでたくふたりは出会い、恋に落ちたのであります。ちなみに俺は現場に立ち会いました。あやかりたいっす。つーわけで、皆さまグラスをお取りください」

「グラスじゃねえだろ」

「姐さん、おめでとうございまーす！」

缶ビールを持たされた瑞緒に、組員たちが次々と缶を当てながら、祝いのコメントをくれた。みんな笑顔で、心から喜んでくれているように見える。

「じゃあ、姐さんからもひと言いただけますか？」

「てめえら、静かにありがたく拝聴しやがれ！」

「アニキ、怖いっす……」

ざわめきが収まって、組員の視線が瑞緒に集中する。緊張するけれど、せっかくの機会だ、自分の覚悟を伝えようと思う。

「このたび、宗輔さんと結婚させていただくことになりました。文字どおり右も左もわからない不束者ですが、皆さんが尊敬する若頭の妻にふさわしくなれるよう、精いっぱい努力します。どうぞよろしくお願いします」

膝につくほど頭を下げた瑞緒の耳に、温かい拍手が聞こえた。

「あの、本当になんでも教えてください。だめなところも、したほうがいいことも」

「なにをおっしゃるんです。カシラの嫁さんになってくれるだけで、俺らはもう感謝してるんで」

「そうですよ。それに姐さんが来てくれてからこっち、花が咲いたようじゃねえか」

「そうそう。ここでエプロン姿が見られるなんて、思いもしなかったぜ。長年、むさ苦しい野郎ばっかりだったのによう」

今さらながら瑞緒は自分の格好に気づいて、エプロンを外そうともたもたしていると、目の前に花束が差し出された。グラデーションピンクの花びらが愛らしいバラが、三十本以上あるだろうか。

瑞緒が目を瞠って花束を受け取ると、シュンがにかっと笑った。

「なにがいいかみんなで相談したんすけど、とっ散らかってまとまらなかったんで、これにしました。組員の人数分っす」

「花言葉は祝福とか感謝とからしいですよ」

「……ありがとうございます、こんなにしてもらって……私、頑張ります」

感激のあまり目頭を熱くしていると、加瀬林が手を叩いた。

「さあ、続いては若手の余興でーす！　歌舞伎ダンス！」

本日の

へ……？　歌舞伎？

顔を上げた瑞緒の目に、次々に隈取り柄のフェイスパックを顔に貼りつける若い衆の姿が映った。


組員たちに婚約を祝われた翌日には、組長からも連絡があった。いわく、「後れを取った。俺からも祝わせてくれ」とのことで、瑞緒は結婚を許してもらっただけで充分だと辞退しようとしたのだが、久我が背中を押した。

「もらえるものはもらっとけ。祝うと言いながら、自分が楽しんでるんだよ」

密かに気がかりだったのは、久我と由香里の縁談が反故《ほご》になることによって、組同士の関係に影響があるのではないかということだった。瑞緒の懸念を久我は真っ先に否定してくれたが、組長同士で話し合いの場が持たれたらしく、双方納得の上で縁談を白紙にしたと、組長からついでのように知らされた。

互いに相手がいないなら娶せてしまえばいいではないか、くらいの口約束だったと言っていたのは、瑞緒を安心させるためかもしれない。しかし父親である吉原組の組長も兄の若頭も由香里にはベタ甘で、嫁ぎ先がなくなって内心ほっとしているのではないかという

るようだ。

のが、久我の談だ。

『まあ、そのうち別の騒ぎが起こるんだろうけどな』

由香里の恋人が堂本だと知られるときのことを、久我はいろんな意味で楽しみにしてい

組長に差し入れる菓子を焼こうとして、グラニュー糖が足りないことに気づき、瑞緒は離れを出て門に向かった。

事務所の窓から目敏く気づいた組員に声をかけられる。

「どちらへ？」

「ちょっとそこのコンビニへ行ってきます」

ついて来ようとするのを丁重に断って、瑞緒は門を開けてもらった。コンビニは目と鼻の先で、付き添われたら恐縮してしまう。

心配してくれてるのは嬉しいけど……。

だから目的の買い物を済ませてすぐ帰路についたのだが、ふと誰かに見られているような気がして、瑞緒は足を止めて辺りを窺った。

いつもどおりの景色――のように見える。たいていは車に乗って出入りするから、その差異だろうか。

視線があまりいい感じがしなくて、思い浮かんだのは大前のことだったが、いくらなん

でもう近づいてこないだろう。久我を始めとする面々が、瑞緒をしっかりガードしているのはわかっているはずだ。

そう考えて、自分がエプロンをつけたままだったことに気づいた。都心の通りをエプロン姿で歩いているなんて珍しいから、目についたとしても不思議はない。瑞緒は苦笑して歩き出した。

約束の時間に母屋を訪れると、羽鳥が出迎えてくれた。廊下を進む間、座敷のほうから雑談する声が聞こえて、瑞緒は戸惑いながら羽鳥に訊ねた。

「どなたかお客さまが?」

「すぐに紹介してくれると思いますよ」

羽鳥はそう言って微笑み、襖を開けた。

「おお、瑞緒さん! 待ちかねたぞ」

襖を開け放ち続き部屋と繋がった座敷では、座卓の前に座した組長と、手前で振り返る着物姿の男女がいた。顔立ちが似ているから母息子《おやこ》だろうか。女性は秋草を描いた紹の着物、男性は縞の小千谷縮《おぢやちぢみ》で、どちらもいかにも着慣れた風だ。

「うちが贔屓にしてる呉服屋の『三池《みいけ》』の女将と若旦那だ。息子の連れ合いになる桐生瑞緒さん」

組長の簡潔な紹介に、瑞緒は慌てて座敷へ入り、三つ指をつく。

「初めまして、桐生瑞緒です」

「いつもお世話になっております。『三池』の女将の三池祥子《しょうこ》でございます。こちらは息子の勝彦《かつひこ》でございます。まあ、なんておきれいなお嬢さま。さすがはカシラがお見初《みそ》めになっただけございますね」

「はっは、そうだろう。嫁ってのはいいもんだぞ。早く若旦那もまとまっちゃどうだ」

「いえ、私はまだまだ若輩者で……」

久我の言っていたとおり、組長は至極ご機嫌のようだ。それが瑞緒に起因してのことなら、なによりではある。

「料理も上手くてな。ケーキも手作りで差し入れてくれるんだ」

組長がまるで惚気《のろけ》たようなタイミングで、羽鳥が紅茶とシュークリームを運んできた。

「瑞緒さんからのお持たせです」

座卓に並んだ皿に、組長は相好を崩し、「まあ、美味しそう。お店の品のようですわ」と女将も大仰に褒める。

「お口汚しですが、よろしければお召し上がりください」

シュークリームはどちらかといえば得意だけれど、まさかこんなことになるとは予想せず、瑞緒は各人の反応を見守った。

組長は生クリームをたっぷり味わえて満足げで、勝彦もあっという間に平らげてくれたのでほっとした。最後に食べ終わった女将が、瑞緒に一礼する。

「ご馳走さまでした。ふふふ、もうひとつくらいいただけそうですわ。でも、まずはこちらを――」

組長を残して、三人で隣の座敷に移動する。なにも置かれていない畳の上に、風呂敷包みがいくつか置かれていた。

「本日お邪魔しましたのは、お嬢さまのお召し物を作らせていただくことになりましたからでございます」

「えっ……？」

瑞緒が振り返ると、組長は笑みを浮かべて頷いていた。

「着物でしたら、お義母《かあ》さまのものがたくさん――」

「もちろんあれも使ってもらってかまわない。だが、やはり好みってもんがあるだろう。この機会に、いくつか揃えてみたらと思ってな。女将、まず喪服の夏冬、それと色留袖、後は任せる」

「承知いたしました」

え？　え!?　ちょっと待って！　それですでに三着なんですけど？　もらえるもんはもらっとけ、って言われても、もらいすぎでしょ……。

久我の爆買いにも驚いたけれど、どうやらあれは父親譲りなのだろうか。

「喪服のほうはお任せいただくとして……色留袖はどんなものがお好みですか？」

女将の言葉に合わせて、勝彦が風呂敷を解き、反物《たんもの》を次々に広げていった。色と柄の洪水に、瑞緒は目が回ってしまう。

「着物は勉強中でよくわからないので、アドバイスいただけたら……」

正直にそう伝えると、女将は急に親身な表情になって口元を綻ばせた。

「そうおっしゃっていただけると、嬉しくて張り切り甲斐がありますわ。実は、お嬢さまにお会いしてすぐ、こちらをお勧めしたいと思っておりましたの」

女将が瑞緒の肩に掛けてくれた反物は、杏子《あんず》色で花鳥を描いたものだった。

他に訪問着を三枚選び、それぞれに合わせた帯や小物も揃えた。最後に寸法を測ってもらった後は、瑞緒は心身ともに疲れてしまった。しかし組長も女将たちも瑞緒のために時間を割いてくれているのだから、ありがたいことだ。

突然襖が開いて、久我が姿を見せた。もう帰宅する時間になっていたのか。

「まあ、カシラ。このたびはおめでとうございます」

居住まいを正して祝いの言葉を述べる女将と勝彦に、久我は「ありがとう」と簡潔な礼を返し、瑞緒に目を向ける。

「だいじょうぶか？　疲れた顔してるな。親父――」

文句の矛先が組長に向きそうだったので、瑞緒は慌てて口を開いた。

「お、おかえりなさい！　全然元気です！　すてきな反物ばかりだったので、うっとりしてしまって。ほら、夢見心地とか、あるじゃないですか」

続けて組長に向かって、頭を下げる。

「ありがとうございます、こんなにたくさん……嬉しいです」

しかし久我は面白くなさそうで、座敷を進んで瑞緒の手を引くと、「後はよろしく頼む」と女将に言い置いて、襖に向かった。

「え？　今、羽鳥さんがお茶を持ってくるって――」

「うちで飲む。じゃあな、親父」

廊下で羽鳥と鉢合わせたが、すべて承知とばかりに一礼されただけだった。

驚いた……こんな子どもっぽいところがあるんだ……。

仕事を終えて帰ってみれば、瑞緒がまだ母屋にいたから、機嫌が悪いのかもしれない。あんなに妻として務めを果たすと言っていながら、出迎えもできなかったから。しかし組長や女将らに対して、久我もおとなげないと少し思わなくもない。というか、久我組の若頭としてよろしくない態度だったのではないかと、気になってしまう。

離れの玄関ドアを閉じたところで、瑞緒は久我を見上げた。

「あの――」

深いため息が聞こえて、瑞緒は言葉を途切れさせた。

「なんだか親父や若い衆に、おまえを横取りされてるような気がする……」

「みんなお祝いしてくれようとしてるんじゃありませんか」

「それでも、だ」

久我は瑞緒に向き直ると、胸の中に閉じ込めるように両腕を回した。久我のトワレが鼻先を掠めて、瑞緒は反射的に深く息を吸い込んだ。

久我もまた、瑞緒の髪に鼻先を埋《うず》めている。

「こんなに心が狭い奴じゃなかったはずなんだけどな……ことおまえに関しては、誰にも譲りたくない。話をしてるだけでも腹立たしいし、見せるのすら惜しい」

鼓動が次第に高鳴っていく。久我の独占欲と嫉妬を知って、瑞緒は嬉しさに逞《たくま》しい身体を抱き返した。

「嬉しいです」

「本当に？　鬱陶しく思ってるんじゃないか？」

「いいえ。宗輔さんのそばにいるのが、いちばん好きです」

言葉を交わす間に顔が近づき、唇が重なった。おかえりなさいのキスにしては情熱的なそれを解いたときには、瑞緒の息は上がっていた。

「ふたりきりで過ごしたいな。誰にも邪魔されないところで。旅行に行くか？」

「えっ、新婚旅行ですか？」

今の状況で旅行と言われて、とっさに頭に浮かんだからそう訊いたのだが、久我は苦笑して首を振った。

「それはこれからじっくり考える。一世一代のイベントだろう。第一、厳密にはまだ夫婦になったわけじゃない。そうだな、婚前旅行ってところか」

婚前旅行――それはそれで、なんだか秘密めいてワクワクする。学生時代、友人が親に内緒で恋人と出かけるのに、綿密に口裏を合わせてはしゃいでいたのを思い出す。瑞緒の場合はそんな機会があったとしても、両親は関心を持たなかっただろうし、出かけても気づかなかったかもしれない。

いずれにしても、軽いノリでそんなことをしなくて幸いだった。久我と出会うまで無垢なままでいて本当によかったと、今は思う。大前から逃げ出したのは、瑞緒の人生において最大で最良の抵抗だった。

「旅行、行きたいです。あ、でもふたり揃っていなくなったら、みんなが心配するんじゃ――」

瑞緒の言葉に、久我は小さく吹き出した。

「高校生が親に内緒で行くんじゃないんだぞ。だいたい俺たちはもうすぐ結婚するんだから、誰に憚《はばか》ることもない。堂々と出かけるさ」

「あ……そうか。そうですね」

「まあ、土産を大量に買うのは面倒だが」

ぼやくように呟いた久我に、瑞緒はくすりと笑った。


翌日、組長に夕食に招かれて、久我とともに母屋に出向いた。

料亭に注文したという仕出し料理が、座卓に所狭しと並ぶ。刺身の盛り合わせ、夏野菜のてんぷら、冷たい煮物など、彩も鮮やかで箸が進んだ。

旧知の間柄である福岡《ふくおか》の組長から届いたという焼酎を、瑞緒の酌で飲んで、組長はご機嫌だ。瑞緒としては、銚子を手にするたびに久我の顔色を窺って、気が気ではなかった。

もちろん、久我への酌も欠かさなかった。

「ほう、温泉か。どのくらい行くんだ？」

「二泊くらいにしようかと……忙しいのに、留守にしてしまって申しわけないのですが」

那須《なす》方面にある久我の知りあいの宿を目的地にしたので、一泊では車を運転する久我を疲れさせてしまう。

「そんなに短くていいのか？」

「瑞緒が家を空けるのを気にしてる」

「いやいや、心配は無用だ。それに宗輔はここ数年、まともに休んでないからな。ほれ、コンプライアンスってのがあるんだろう？　休暇はきっちり取らんといかん」

「有言実行の親父が言うと、説得力があるな。ほら瑞緒、気にしなくてだいじょうぶだろう」

そう言いつつも、久我は旅行に備えて、いつも以上に忙しい日々を過ごした。帰宅は遅くなったが、帰ってくれれば瑞緒との時間を取ってくれて、旅先でのスケジュールなどを話し合った。

着付けの稽古に来てくれた由香里は、旅行の計画を聞いて、絶対に水着を持って行くべきだと主張した。

「え……でも、温泉ですよ？」

「温泉旅館じゃないのよ。有名な建築家がデザインしたリゾートだから。本館以外に離れの客室があって、宗輔のことだからたぶんそこだと思うわ」

別荘風の建物が、敷地内に点在しているらしく、部屋によっては専用プールも備わっているということだった。

由香里は眉をひそめて瑞緒に耳打ちする。

「奴の魂胆はわかってるのよ。水着がないなら裸でいいじゃないか、とか言うつもりなんだわ。瑞緒さん、それでいいの？」

そう言われてしまっては、水着を用意するしかなさそうだ。同意した瑞緒を、由香里はその足で買い物に連れ出し、彼女いわく「男をメロメロにする水着」をチョイスしたのだった。

第六章　婚前旅行は波乱万丈

朝の渋滞を避けて出発し、那須に到着したのは午後の早い時間だった。

久我が運転する車に乗るのは初めてだったけれど、シュンたち以上に丁寧な運転だった。

それを言うと、

「瑞緒を乗せてるんだ、当然だろう」

と、照れも見せずに返され、瑞緒のほうが頬を赤くした。

きっとずっとこんなふうに大切にされていくのだろうと、疑いもなく思う。それくらい久我の態度は甘く誠実だ。

「腹が減っただろう。宿は風呂と同じくらいメシが自慢なんだ。和洋中なんでもあるから、好きな店に入ろう。──なんだ？」

「よく来るんですか？」

「いや、オープンしたときに来たきりだな。あ──」

久我は本館エントランスの車寄せで停止すると、瑞緒の顔を覗き込んだ。

「女と来たとでも思ってるのか？　生憎、野郎ばかりの団体だった。知りあいのオーナーがホスト役で、コンパニオンすらいなかったな」

「……そう、ですか……」

「妬いてくれたのか？　嬉しいよ——」

瑞緒の頬に手を伸ばしかけた久我だったが、不満げに鼻を鳴らして身を引く。助手席側のドアの外で、ベルボーイがにこやかに微笑んでいた。

「いらっしゃいませ、久我さま。お待ち申し上げておりました。よろしければお車をお預かりいたします」

荷物を手にしたベルボーイの後に続き、ロビーに足を踏み入れる。天然石と木材を多用してあるせいか、モダンでありながら落ち着きのある内装だ。

たしかに……由香里さんが言ってたとおり、温泉宿なんて感じじゃなかった。

チェックインの手続きをせず、久我はそのまま瑞緒をレストランに誘った。荷物は部屋に届けてくれるそうだ。

「軽いものがいいです。途中でいろいろ食べたし、すぐに夕食の時間になるし」

「そういや、甘いものばかり食べてたな」

久我が気づかって頻繁にサービスエリアに寄ってくれたので、つい地域限定ものに手が伸びてしまったのだ。

「だって……ずんだシェイクなんて、仙台《せんだい》に行かなければ食べられないと思ってたから」

『まあ、腹を壊さなきゃいいさ。じゃあ、ピザにでもするか？　石窯で焼いてる』

席の半分が屋外テラス席になっているピッツェリアで、マルゲリータとカルボナーラをシェアした。自家製だというモッツァレラチーズはコクがあり、フレッシュなトマトソースとの相性が抜群だった。生地が薄めなのも瑞緒の好みで、ひと切れ多くいただいてしまった。

カルボナーラに入っているパンチェッタも美味で、瑞緒が絶賛したところ、久我は帰りにブロックを買ってくれた。

「家でそれを使って作ってくれ。食べ損ねたから」

「もう、カルボナーラはちゃんと半分ずつにしたじゃありませんか」

裏庭のほうへ続く回廊を進み、途中から林の中を歩いた。木洩れ日が暖かく感じるほど、高原の空気は爽やかだ。

やがて石畳を辿った先で、木立の陰から高床式の洒落た建物が姿を現した。

「……すてき」

立ち尽くす瑞緒の背中を、久我が押す。

「中も見てみよう」

玄関フロアは明るく、漆喰壁《しっくいかべ》とアイアンの窓枠が海外の片田舎《いなか》の建物のようだ。洒落たベンチに荷物が置かれていた。

正面のすりガラスドアを開けると広々としたリビングで、全面ガラス張りの向こうはデッキテラスに続いている。

「天井が高いですね」

瑞緒は見上げてため息をついた。

「吹き抜けってほどじゃないが、寝室がステップフロアになってるらしいから、その分高いんだろう」

天井ではファンがゆっくりと回っていた。

「あっ、暖炉！　本物⁉」

「いや、さすがに消防法で無理だ。電気式だろう」

よく見れば焚口《たきぐち》はテレビ画面のようなもので塞がれていて、上部に操作パネルもあった。しかし、しっかりとした石組みで、クラシカルな趣がある。

「冬もよさそうですね」

「クリスマスはここにするか？　他のプランを考えていたんだが」

「えっ、もうですか？」

すでにそんな計画を立てていたのも驚きだけれど、久我の仕事的にクリスマスはアリなのだろうか。事務所にも神棚があったし、なんとなく神道のイメージがあった。

それに、組が仕切っている飲食店も回らなければならないのではないだろうか。というか、年末年始を控えてそれどころではないのでは。

瑞緒としては、久我とささやかにケーキを食べるくらいでいいのだけれど。もちろんケーキは瑞緒が作る。組長と組員たちの分も用意しよう。

そんな想像をしていた瑞緒は、はっとした。

「クリスマスプレゼントはいりません！」

「なんだ、いきなり……そういうわけにはいかない」

「いいえ、本当にもう充分ですから。宗輔さんと一緒にいられるだけで満足なんです」

「そんな可愛いことを言われたら、張り切らざるを得ないな」

冗談か本気か――いや、久我のことだから予想以上のことをしそうだ――、久我は笑いながら窓辺に向かう。

「景色がいいだろう。棟と棟は離れてるし、林の中だから人目もない」

そばに立った瑞緒は、デッキの先に段差があり、そこに青々とした水をたたえたプールがあるのに気づいた。

……由香里さん、大当たり。

久我があえて顔を上げたまま遠景を眺めていたのは、とぼける算段だろうか。ここまで来れば、どうやっても目に入るのに。

「ん……？　ああ、プールもあるのか。高原で涼しいとはいっても、やっぱり夏のレジャーには欠かせないからな。でも、水着がないなあ」

絶対にプール付きと知ってこの棟を選んだのだろうとわかるくらい、久我の台詞は空々しくて、瑞緒は逆におかしくなってきた。

「誰かに見られる心配もないし、水着なしでもいいんじゃないか？」

名案だというようにこちらを向いた久我に、瑞緒は答える。

「水着、あります」

「えっ……」

本気で驚いたふうの久我の表情に、明らかにがっかり感が浮かんでいて、瑞緒は笑い出してしまった。

「そんなことひと言も言ってなかったじゃないか」

「使うかどうかもわからなかったので。一応荷物の中に入れてきただけです」

だいたい水着がなくても、久我なら店を探して買ってくれそうだ。本館のショップにも揃えてありそうだ。

それをせずに裸でOKなんて言い出したのは、明らかに狙っていたとしか思えない。

可愛いな、宗輔さん。

そんなふうに思ってしまうのは、彼の伴侶となることや自分が愛されていることに、少し心の余裕が出てきたからだろうか。

「本当に……？」

計画が破綻したことをまだ諦めきれないのか、疑わしそうな久我に、瑞緒はキャリーケースを開けてみせた。

「これです」

首の後ろで紐《ひも》を結ぶホルターネックのビキニは、胸元から幅広のリボンが伸びていて、胸下で身体に巻きつけるようになっている。ビキニ自体はしっかりと背中でダブルホックになっているので安定しているが、見た目は危うい。ショーツはサイドがレースアップという、ディティールが渋滞気味のデザインだ。色はシャンパンベージュ。

由香里が推したもう一着は黒のワンピースだったが、正面から見るとほぼV字で、胸元がみぞおちまで開いていた。バスト付近で金具留めされているとはいえ、腰骨も露わなハイレグに恐れをなし、丁重に辞退した。

でも、あっちのほうがよかったのかな……？

水着を目にした久我は、腕組みをしてむずかしい顔だ。好みではなかったのかもしれない。

「……あの――」

沈黙が気になった瑞緒が口を開くと、久我がしかつめらしく被せてきた。

「着てみないとわからないな」

「……は？」

ようするに、気に入ったってことなの？

瑞緒としても、裸よりはずっとマシなので、水着を抱えてパウダールームに向かった。

着替えながら浴室を覗くと、壁や床は大理石で、浴槽はガラス張りだった。ふたりで入っても、身体を伸ばせる広さだ。

温泉というイメージからは遠いけれど、これはこれで贅沢な気分になれそうだ。

瑞緒は軽く髪をアップにして、水着姿を鏡でチェックする。チアリーディングのコスチュームを着慣れているので、へそ出しにも抵抗はないけれど、久我の目にどう映るかは重要だ。

トレーニングをしなくなって久しいせいか、筋肉が落ちた分、女らしい身体つきになったと自分では思う。幸いにもウエストが細くなったので、水着でもいい感じにくびれが確認できる。

リビングに向かうと、久我はデッキテラスのチェアに座って煙草を吸っていた。Tシャツとハーフパンツに着替えたようだ。いつもより吸い方が早いなと思っていると、振り返った久我と目が合う。

瑞緒は足を進めてデッキテラスに出た。その間も久我の視線が張りついたままで、緊張にふくらはぎが吊りそうだ。

「……いい」

「そ、そうですか？　ありがとうございます。なんでもメーカーイチオシとか――」

正しくは、メーカーでなく由香里だけれど、それを言うとややこしくなりそうなので黙っていた。水着を買いに行くならつきあったのに、とかぼやかれそうだ。

「瑞緒が着るから水着もよく見えるんだ」

久我は微塵の照れもなく、そう言い放つ。

巷《ちまた》でこんなことを言うカップルがいたら、引き気味に見物してしまいそうだが、ストレートな称賛にも慣れてきて、素直に喜べるようになっていた。事実はどうでも、久我が本心からそう思って言ってくれているとわかるようになったからだろうか。

「じゃあ、せっかくなので日があるうちにプールに入ります。わあ、何年ぶりかなー」

「ちょっと待った！」

テラスを下りかけた瑞緒が振り返ると、久我がスマートフォンを構えていた。

「その前に記念写真を撮っておく」

「えっ、そんな写真に残すようなものじゃないですから」

「俺は残したい。できれば動画で」

数回シャッター音が響いたところで、瑞緒は逃げるようにステップを下りた。

「待て」

「写真はもういいです」

「俺も入る」

久我はTシャツを脱ぎ捨てて、瑞緒を追いかけてきた。よく見れば、ハーフパンツだと思っていたものはスイムショーツのようだ。瑞緒を追い越した背中に、鳳凰が羽を広げている。

先にプールに飛び込んだ久我に手を取られて、瑞緒もゆっくりと水に入る。温水で、冷たさは感じなかった。

それよりも——。

抱き合って水に浸かりながら、瑞緒は久我を軽く睨む。

「宗輔さんも水着持参じゃないですか」

「念のためだ。リゾートだからな」

嘯く久我は瑞緒を抱きしめたまま、ゆっくりと中央に移動した。木洩れ日が水面に反射して、キラキラと輝く。鳥のさえずりを聞きながら、どちらからともなく顔を近づけてキスをした。

思った以上にプール遊びではしゃいでしまい、空腹を覚えた瑞緒は夕食にステーキを希望した。

目の前の鉄板で焼かれた牛ステーキはかなりレア気味だったが、蕩けるような肉質で脂の甘みが絶品だった。残してもいいと言われて三百グラムを焼いてもらったのに、しっかり胃袋に収められそうだ。

久我が選んだワインがまたステーキに合い、アルコールに弱いのに、グラスが進んだ。

「もう一本開けるか？　なにがいいかな……」

久我が呟いたとき、どこからともなく近づいてきたスタッフが恭しく一礼した。ベストに黒の長いエプロン、腕に掛けたナプキンからしてソムリエだろうか。

「いらっしゃいませ」

しかしスタッフを見た久我は、天井を仰いで大きなため息をついた。

「なんでこんなとこにいるんだ」

え？　知りあいなの？

「なんでって、一応うちの会社でやってる店だし？　たまには出てみようかなって。特にＶＩＰをお迎えすると聞けば、ね。紹介してよ」

スタッフは瑞緒を見て微笑んだ。三十前後の、芸能人のようなイケメンだ。ソムリエの格好もドラマのワンシーンのようにさまになっている。どういう知りあいなのだろうと、俄然興味が湧いた。

　久我は嫌そうな顔で、スタッフを指さした。

「尾木一哉《かずや》。飲食店系のフロントを手広くやってる横瀬《よこせ》組ってとこの幹部だ。こっちは瑞緒」

「えっ……あ、瑞緒と申します。初めまして……」

　この人が尾木さん！　まさかこんなところで会えるなんて……ていうか宗輔さんったら、あのときと同じように嫌そうな顔してる。ううん、もっと嫌そう……どうして？

「まさかこの人が？　って顔してるね。うんうん、そうだろう」

　瑞緒の反応を、尾木は楽しんでいるようだ。

「うるせえよ。ソムリエしに来たんなら、さっさと選べ」

　尾木はテーブルを一瞥して、すぐに頷いた。瑞緒が食べている牛ステーキの他に、手長エビやアワビも並んでいる。

「海鮮にも合う赤があるよ。今、用意するね」

　尾木の背中を見送っていると、久我の手が瑞緒の頭に伸びて、振り向かされた。

「だから嫌だったんだよ、奴に会わせるのは」

「え？　どうしてですか？」

瑞緒が問うと、久我は恨めしげに視線を向けてきた。

「あの面だからな、たいていの女は見惚れて夢中になる」

瑞緒は思わず久我を凝視してしまった。

つまり久我は、瑞緒の意識が尾木に向いてしまうのを恐れ、顔合わせを避けていたのだろうか。なんて可愛い焼きもちだろう。

瑞緒は久我に肩を寄せて囁いた。

「私には宗輔さんしか目に入りません」

ワインを手に出直してきた尾木は、みごとな手さばきでボトルの栓を開け、グラスに注いだ。「ごゆっくり」と慇懃《いんぎん》に一礼して去っていくまで、ちゃんとソムリエだった。

「元は本物のソムリエだ。気風《きっぷ》のよさでスカウトされて、あれよあれよという間に上りつめた」

久我の説明に、いろんな人がいるものだと瑞緒は感心した。ちなみに尾木に勧められたワインも美味だった。

デザートはフルーツタルトと牧場ミルクのジェラートで、それを味わう瑞緒を見て、久我が呟く。

「ニヤニヤしてる。そんなに美味いか？」

「美味しいですけど、それで笑顔だったんじゃありません。第一、ニヤニヤはしてないと思いますけど」

しかし自分でも、今日はずっと笑っていたような気がする。きっと、久我と片ときも離れず一緒にいたからだ。

ふたりきりで過ごすと言ったとおり、急用以外の連絡はないようにしてくれたのだと思う。

こんなに長い時間一緒にいるのは初めてで、しかしそれが嬉しいばかりで、久我が自分にとってなくてはならない存在だということを、瑞緒は改めて強く思った。

私……本当に幸せだ……。

夜風が涼しい遊歩道を宿泊棟に向かって歩きながら、瑞緒は初めて自分から久我と腕を組んだ。

「これだけでも来た甲斐があったな」

「えっ、これだけでですか？」

「いや、水着姿も見られたし、他にもいろいろ——とにかくずっと一緒にいられた」

同じことを思ってくれてる……。

瑞緒は久我の腕にぎゅっとしがみついた。

玄関に入ると、久我は瑞緒の肩を抱いて当然のように浴室へ向かう。瑞緒もまたしなだれかかったまま歩を進めた。

「やけに素直だな。酔っぱらってるのか？」

久我はパウダールームで瑞緒を見下ろし、頬を手で包む。それに手を重ねて、瑞緒は笑みを浮かべた。

「少しぽーっとしてますけど、全然平気です。楽しいくらい」

「それを酔っぱらってるって言うんだろう。少し休むか？」

「えー、やっと温泉なのに」

「わかったわかった。具合が悪くなったらすぐに言えよ」

そんなやり取りの間に瑞緒が服を脱ぎ始めたものだから、久我は少し面食らったようだ。いつも瑞緒が狼狽えさせられてばかりなので、久我を出し抜いたようでちょっと楽しい。

「宗輔さんこそ、ずいぶん飲んだでしょう？　具合が悪くなったら介抱してあげますね」

「言ったな。自慢じゃないが、酔って介抱されたことはねえよ」

いつもなら脱いだ服をきちんと片づけてから入浴するのだが、今日は脱ぎ散らかしたままバスルームへ入った。

日中は一面の大きな窓から日が差し込んで明るかったバスルームは、ほのかな明かりが湯面を照らしていて、幻想的だった。

「すてきですよね、このお風呂――きゃっ……」

かけ流しの湯が溢れて濡れた大理石の床に足を取られそうになり、すかさず伸びた久我の手に支えられて事なきを得る。

「ありがとう、ございます……」

「酔っぱらいの介抱はともかく、けがなんてしないでくれよ。いや、させないけどな」

摑まってろ、と瑞緒の手を腰に回させて、久我はシャワーを操作した。濡れた身体にバスジェルやシャンプーをかけて、互いに洗い合う。洗うというよりも愛撫の色が濃くなり、唇が触れ合う。

再びシャワーを浴びるころには、しっかりと抱き合っていた。久我の指が背後から忍び込んできて、襞をまさぐる。シャワーが止まると、そこからの水音が淫靡《いんび》に響いた。

「……お、お風呂、入りましょう」

瑞緒は久我から離れて、湯船に浸かった。隣に久我が滑り込んでくる。強化ガラス製の浴槽は、下にライトが設置されていて、浴室内の明かりを抑えていることもあり、身体が浮かび上がる。

「なんの趣向なんだか。まあ、よく見えると言えばそうだな」

「え？　あ……」

瑞緒は軽く浮かせていた膝を折り畳み、さらに手で隠す。しかし久我の手が伸びて、身体ごと引き寄せられた。膝の上に横抱きにされる体勢で、キスをされる。

「今さら隠しても、おまえの身体は隅々まで知ってる」

唇が顎から喉を這い、湯面から顔を出していた乳房に吸いついた。乳頭を舌で転がされ、きゅうっと尖っていくそれが甘い疼痛を覚える。

「あっ、あっ……」

肩を揺らす瑞緒を向かい合わせに膝に座らせて、久我は両手で乳房を揉みしだいた。大きく脚を開かされて、久我の腰に跨《また》がった瑞緒の中心に、熱く硬いものが押しつけられる。胸への愛撫で身を揺するたびに、ともすればそれがめり込みそうになった。

あ……なんか……。

欲しい、という切羽詰まった気持ちが芽生えたのは、初めてかもしれない。自覚したとたんに、それは強くなっていって、瑞緒はいつしか自分から位置を合わせようとしていた。久我が小さく笑う。気づいている。それなのに焦らされていると知って、瑞緒は久我の肩にすがりついた。

「……もうっ、意地悪しないでください……」

「おまえからなんて、初めてだからな。もっと嚙みしめたい」

瑞緒がかぶりを振ると、久我は耳朶に唇を寄せた。

「言ってくれ……俺が欲しい、って……」

「……欲しいです。宗輔さんが——あっ……」

激しい水音とともに瑞緒は抱き上げられ、バスタブの縁に座らされた。両脚を開かれ、波打つ湯面を通った明かりが、瑞緒の内腿にまだら模様を描く。

久我はゆっくりと顔を近づけて、舌を伸ばした。

「ああっ……」

瑞緒は仰け反って、壁に頭頂部を押しつける。久我が太腿を押さえているから、なめらかな大理石を滑ることはなかったけれど、それでも背中がつく寸前のあられもない格好になってしまった。

「やっ……見えちゃう……」

「どんな格好だろうと見たいときは見る」

笑い交じりに言われて、恥ずかしいのに胸が騒ぐ。久我に望まれていると感じられて、嬉しい。

とろりと溢れた蜜を舌先がすくい上げ、先端の花蕾に塗り込めるように撫で回されて、瑞緒は久我の髪を掴んで身悶えた。唇で覆われ、思いきり吸い上げられて、腰を揺らして達する。

びくびくと震える身体を押さえつける手が離れると、瑞緒はそのまま湯船に沈みそうになった。それより早く久我の手が伸びて、促されるままにバスタブの縁にしがみつく。あっと思う間もなく腰を掴まれ、背後から怒張を受け入れた。

「あうっ……」

一気に貫かれて、脳天まで響くような衝撃に、後から快感が押し寄せてきた。激しい突き上げに湯面が揺れ、その動きに思わぬ刺激が加わる。

逃れるつもりもなく安定を求めて壁にしがみついた瑞緒の胸を、久我は摑むように揉みながら、片脚を押し上げた。いっそう奥に侵入され、媚肉が歓喜の悲鳴を上げる。久我のものにまとわりつき、なにかを訴えるように締め上げる。

「ああっ……」

絶頂に硬直した身体の中で、久我が力強い脈動を響かせていた。今、たしかに彼に抱かれているのだと感じ、心までもが悦びに震えた。

翌朝は、鳥のさえずりで目が覚めた。

夏の朝日はもう昇っているようだが、時刻的には早朝だ。

瑞緒は寝返りを打って、久我の寝顔を見つめた。

ゆうべはすごかったな……。

比較のしようはないのだけれど、気持ちを確かめ合って以降の行為は、総じて久我のほうが情熱的だった。瑞緒はそれに応えるのが精いっぱいで、いや、応えきれていたかどうか定かではないのだが、昨夜は違った。

タガが外れたというか、いつもの酒量を越えてやはり酔っぱらっていたのか。

寝室へ移動した後も、久我に求められるままにさまざまな体位を試し、それに快楽を覚え――しかしどうにも自分の久我への気持ちが伝えきれていない気がして、ついには久我のものを口で高めた。

今、考えると、宗輔さんは最初引いてたよね……。

なにをやってしまったのかと、顔を覆いたくなるけれど、久我は充分に反応してくれたし、抱きしめてくれもした。

嫌じゃなかったと思いたい……下手だったけど。

「なにを百面相してるんだ？」

ふいに久我が目を開いてそう訊いてきたので、瑞緒は思わず身を起こした。久我は瑞緒の身体に手を伸ばし、もう一度ベッドに横たえる。

「まだ早い。昨夜は遅かったんだから、もう少し寝てろ。それとも腹が減ったか？」

「い、いつから起きてたんですか？」

狼狽える瑞緒の髪を撫でながら、久我は口元を緩めた。

「おまえが寝返りを打ったあたりから？」

「ずっとじゃないですか！」

「なにか企んでたのか？　俺のアレに朝の挨拶をしようとしてくれてたとか？」

「ちちち違います！」

「なんだ、残念」

ブランケットを瑞緒の肩に掛け直し、目を閉じた久我に、瑞緒は囁いた。

「……もっと上達するように頑張ります……」

久我は目を開けて笑う。

「いや、頑張らなくていい。おまえがしてくれるってだけで、暴発寸前だからな。一応俺にも、男のプライドってもんがある」

「でも――」

久我は瑞緒の口を塞ぐようにキスをした。

「おまえが俺のものでいてくれる、それだけであり余る幸せなんだよ」


午後からは近くを散策した。宿周囲には広大な花畑が広がっていて、今の時期はヒマワリの迷路が作られていた。しかし人影はなく、どうやらここも宿の土地らしい。

「……思ったよりも時間がかかりましたね……」

迷路を脱出した瑞緒は、息をついて空を仰いだ。迷路の中でもずっと上を見ていた気がするが、広がる空を見るのはまた別のようだ。

「左手の法則とか右手の法則とか言うだろう。ずっと続けてれば、いずれ出られるもんなんだよ。それを瑞緒は途中で逆に進んだりするから」

「だって、時間がかかるじゃないですか。それに、絶対行けると思ったんですもの」

「思ってすぐ行動に移すところは、性格かもな」

ムクゲの林の間を抜けると、近くの湧水から流れを引いた小川がせせらぎを響かせていた。水辺には青紫の花をつけた草木が植えられている。

「水がきれい。気持ちよさそう」

瑞緒が覗き込むと、久我はそっと肩に手を添える。

「まさか入るなんて言い出すんじゃないだろうな？　水着は着てきたのか？」

「着てませんて。でも、足だけとか……あ、禁止かな？」

「開放はしてるそうだが、子どもの水遊び用だろう」

「えー、いいなー」

諦め悪く瑞緒は水辺にしゃがみ込んで、手を伸ばした。ひんやりとした水が、散策で上昇した体温に心地いい。

「宗輔さんも。冷たくて気持ちいいですよ」

久我は苦笑して瑞緒の隣に腰を落とし、手を水に浸した。その手はすぐに瑞緒の手を握る。

「……もう、そういうのは後で」

瑞緒が軽く手を振り解くと、

「あ、カナヘビ――」

「うそっ！　どこっ⁉　いやああっ……！」

瑞緒は脱兎《だっと》のごとく水辺から逃げ出した。なにもしないとわかっていても、怖いものは怖い。

ムクゲの近くまで離れた瑞緒は、まだ水辺で地面を見回している久我を呼んだ。

「宗輔さん！　もう行きましょう！」

「ちょっと待て。せっかくだから土産に」

「なにをですか⁉　そんなものお土産にしたら絶対嫌です！　触ったりもしないでくださいね！」

そのとき、背後のムクゲの枝が大きく揺れる音がした。散歩する他の客の憩いを邪魔してしまったかと、謝ろうとした瑞緒は、振り返るより早く手首を摑まれて息を吞んだ。

「瑞緒――！」

同時に久我の叫びが響いた。しかし瑞緒は、目の前に立つ人物が信じられずに、声も出ない。

……どうして？　どうして大前さんがここに？

「久しぶりだな、瑞緒。ずいぶんきれいになったじゃないか。やっぱりあんなヤクザに渡すのは惜しい」

握られた手を、もう一方の手で撫で回され、瑞緒は総毛立った。大前は相変わらずの派手ななりだった。

「どうせ手垢がついたんだろうが、今からでも妻にしてやってもいいぞ。今度こそ、従順な花嫁になるならな。写真を見たけど、エプロン姿も似合ってたじゃないか」

エプロン姿……？　あ、コンビニにグラニュー糖を買いに行ったときの？　誰かに見られてる気がしたのは、気のせいじゃなくて見張りをつけられてたんだ……。

大前の息が鼻先を掠め、その臭いに瑞緒はどうしようもない嫌悪感を覚えて顔を背けた。ふいに風が巻き起こって、大前の手が振り払われる。続けて大前の肩を突き飛ばす久我の背中を、瑞緒は目にした。

「……宗輔さん！」

駆けつけた久我が大前と瑞緒を引き離してくれたのだと事態を呑み込んだが、大前はまったく慌てる様子もなく、久我を見てニヤついている。

「お姫さまを救う王子さまってか？　あくどいことやって、世間の鼻つまみ者のくせに。

世間知らずの小娘をたぶらかすのなんて、お手のもんだろう」

「その言葉、そっくり返す。二度と瑞緒に手を出すなって言ったよな？　ここで引かないなら、ただじゃ済まさねえ」

「おー、怖い怖い。これだからヤクザは。すぐに脅しにかかる」

瑞緒が違和感を覚えるほど、大前は強気だった。

大前は歪んだ笑みを浮かべた。

「けどな、舐めるなよ？　おまえの組のことは調べさせてもらった。配下の会社や店は、共和《きょうわ》サプライと取引してるだろう」

「それがどうした」

「うちの取引先でもある。筆頭とは言わなくても、けっこうな上得意客だと自認してる。あそこは客筋を選ぶんだよ。取引先を束ねてるのがヤクザだなんて知ったら、すぐに関わりを切るだろうな。そうなったら困るのはそっちじゃないのか？」

俺の胸三寸なんだよ、と嘯く大前に、瑞緒は怒りが湧き上がるのを感じた。

……卑怯者《ひきょうもの》！　こんな人、やっぱり嫌いだ！

強く出たのもけっきょくは他人の力を笠に着てのことで、自分自身ではなにもできない男だ。そんなやり方で久我を脅したのが、ますます嫌悪感を覚え、許せない。

しかし万が一のことを考えて、瑞緒は久我の後ろから飛び出し、両手を広げて大前の前

に立ち塞がった。ここには久我をガードする組員もいない。カッとなった大前が、手を出してこないとは限らないのだ。

「瑞緒……！」

久我の声を背中に聞きながらも、瑞緒は動かなかった。久我の妻になると決めた以上、若頭の妻としての務めも果たすつもりだ。久我は組にとってなくてはならない存在であり、今は瑞緒が守らなくてはならない。

「なんのつもりだよ？」

大前は初めて不愉快そうに顔を歪めた。

「ヤクザの女にされて、自分もいっぱしのつもりか？　いきがってたって、すぐに後悔する。これからの人生、はみ出しもんで生きてくなんて、おまえに耐えられるわけないだろう。今なら許してやる。戻ってこい」

「……嫌です」

目を見開き、憎々しげに瑞緒を睨む大前の姿が、久我の背中に消された。後ろ手に伸ばされた指が、瑞緒に触れる。

「瑞緒は渡さない」

気負いもなく落ち着き払った声音に、それが当然のことなのだと伝わってくる気がした。一緒に生きていくことが、もう決まっているのだ。そしてそれは、なににも揺らがない。

大前は面白くなさそうに鼻を鳴らした。

「もとはと言えば、瑞緒は俺の婚約者だぞ。それを盗んでおいて、よくそんなことが言えるな。さすがはヤクザだよ」

ゆっくりと近づいてきた大前は、久我を挑発的に見上げた。

「返さないって言うなら、落とし前をつけるべきじゃないのか？　一億寄こせよ」

具体的な金額に、瑞緒は怒りに震えた。

私はものじゃない……！

しかし大前にとっては、そして亡き両親にとっても、瑞緒は道具でしかなかったのだろう。

そしてその法外な金額に狼狽える。久我は要求を呑むつもりだろうか。

「おまえにとって、瑞緒はその程度の価値しかないのか。くだらねえ男だな。自分は一円の値打ちもないくせに」

とたんに大前の顔がどす黒く染まった。

「ヤクザがいっぱしの口を叩くな！　瑞緒、来い！」

「瑞緒、離れろ！」

すかさず久我に命じられ、瑞緒は自分だけ逃げるなんてできないと迷いながらも走り出そうとした。しかし一瞬の躊躇が足をもつれさせ、大前のほうによろめいてしまう。素早く腕を伸ばした大前に髪を摑まれ、瑞緒はそのまま引きずられた。

「いやあっ……！」

逃げようと暴れる瑞緒の目の前で、ナイフがギラリと光った。ひくっと喉が鳴って、抗う力が抜ける。

大前は嘲るように嗤《わら》った。

「そうやっておとなしく言うことを聞きゃあいい——」

最後まで言う前に、久我が躍りかかって大前の腕を摑んだ。瑞緒を大前から引き剝がしながら、振り回されるナイフの切っ先を躱す。

勢いのままに地面に倒れ込んだ瑞緒は、もつれあうふたりを目の前に、動けなかった。今しがた久我を守ろうと大前の前に立ちはだかったのに、実際に刃物を向けられると、恐怖に怖気づいた。

まだ自分には覚悟が足りない。久我のことが誰よりも大切なのに——。

勇気を振り絞って、倒れたまま手を前に伸ばす。今にも久我が切り裂かれそうで、気持ちばかりが追いつめられていく。

「こんなもの突きつけるなんて、とことん見下げ果てた奴だな。惚れた女は守るもんなんだよっ！」

突然形勢が逆転して、久我の拳が大前の顔面を打ちつけた。無様な叫び声を上げて大前は倒れ込む。考えてみれば、ポーズだけのジム通いでろくに鍛えてもいない大前を相手に、久我が後れを取るはずもない。

しかしナイフが久我の左腕を掠めたらしく、淡いブルーの麻のシャツに、じわじわと血のシミが広がっていった。

「宗輔さんっ……！」

瑞緒の叫びも聞かずに、久我は大前に馬乗りになると、さらに拳を振り上げた。人の身体を打つ鈍い音と、初めて目にする久我の激しい姿に、瑞緒は座り込んだまま呆然としていた。

気づくと視界がぼうっとにじんでいて、瑞緒は自分が泣いていることに気づいた。久我がけがをしていることを思い出し、早くやめさせて手当てをしなくてはと声を上げる。

「宗輔――」

「はいはい、そのくらいで勘弁してやりなよ。後片づけをするこっちの身にもなってほしい」

背後から聞こえた声に、瑞緒はびくりとした。

え……？

隣に立って手を差し伸べられ、見上げる。

「……尾木さん……？」

昨日、レストランで会ったときとは違い、アースカラーのサマーニットにブラックデニムという出で立ちだ。こんなときだけれど、やはり美形だと思う。

「立てる？」

「あ、はい……ありがとうございます」

尾木の手を借りて瑞緒が立ち上がると、久我は大前を放り出してこちらに歩いてきた。

大前は意識こそあるが、すぐには動けない状態のようだ。

「お邪魔虫を承知で昨日俺が顔を出したのが、どういう意味かわからないほど幸せボケなわけ？」

両手を腰に当てた尾木に、久我は乱れた髪を掻き上げた。袖口の血を見て、瑞緒は駆け寄る。

「宗輔さん！　早く手当てをしましょう！」

「だいじょうぶだ。掠っただけだから」

「そうそう。重症度で言えば、まずいのは明らかにあっちのほうだから」

久我は宥《なだ》めるように瑞緒の髪を撫でると、尾木に顔を向けた。

「わかってる。昨夜羽鳥に連絡したら、奴がこっちに向かってるって聞いた」

「あいつ——大前だっけ？　それを監視してたお宅の若い衆が、行き先が怪しい、このままじゃカシラのとこに向かうんじゃないかって、かなりワタワタしたみたいだよ。実際、目的地がここらしいとわかっても、久我さんに報告するのを迷ったって。ふたりっきりの、旅行だから、姿を見せるな、邪魔するな、ガードもいらないって言ったらしいね。可哀想に、言いつけを守るかどうか悩んで、羽鳥さんにお伺いを立てたんだって」

尾木の説明に、久我はため息をついた。

「それで羽鳥がおまえに応援を頼んだってわけか」

尾木は肩を竦める。

「そんなたいそうなもんじゃないけどね。ただの監視役。久我のカシラがおいたをしないように。それに見た目まんまヤクザの若い衆たちにうろつかれたら、ホテルの評判が落ちるからね。俺みたいなスマートな見た目ならいいんだけど。彼らには敷地の外で待ってもらってるよ」

「よく言う。横瀬組の狂犬が」

久我の言葉に瑞緒はぎょっとして、尾木から一歩離れた。

「あらら、ひどいな瑞緒さん。久我さんの面白くもない冗談だよ」

そう言って笑う尾木だが、わざとなのか目つきを鋭くする。

「よせ、揶揄うな」

久我は瑞緒を抱き寄せて、ちらりと大前のほうを見やった。

「往生際悪くうろうろしてるようだから、姿を見せるようなら、この際はっきりカタをつけるつもりだった。けど、まさかこのタイミングで飛び出してくるとは……いや、俺が甘く見てたんだな。すまない、瑞緒――」

瑞緒の肩に手を置いた久我は、項垂れるように頭を下げた。

「怖い目に遭わせたな。絶対におまえを守っていくって約束したのに」

久我に謝られて、瑞緒は戸惑いながらかぶりを振る。

「守ってくれてるじゃないですか。けがまでして……私のほうこそ、なにもできなくて……宗輔さんを守るどころか、足手まといで……」

「いいんだ、なにもしなくて。そばにいてくれればいい」

厚い胸に閉じ込められて、瑞緒は力が抜けていくような安堵を味わう。やはり自分にとって、この場所がいちばんだ。それを守るために、もっと強くなりたい。

「見せつけてくれるなあ」

尾木の声に、瑞緒は我に返って離れようとしたが、久我の手でいっそう強く胸に押しつけられた。トワレの香りが胸まで沁《し》み込む。

「見なきゃいい。ていうか、見るな」

「はいはい、お邪魔虫は退散しますよ。あ、若い衆借りるね。か弱い俺ひとりじゃ、この野郎は面倒見きれないわー。だから、そっちが退散してくれない？」

久我に半ば抱え込まれるようにして歩き出したので、瑞緒はどうにか顔を出し、尾木に頭を下げた。

「ありがとうございます。ご迷惑をおかけしました」

「なんのこれしき。あ、結婚式には呼んでね」

ひらひらと手を振る尾木にもう一度会釈すると、久我の手が瑞緒の顔を自分のほうに向けさせた。


宿泊棟に帰り着くなり、瑞緒は久我をパウダールームに連れ込んで、シャツを脱がせた。

「積極的だな。温泉エッチが癖になったか?」

「なにを言ってるんですか。傷を洗って手当てしないと」

軽口を言えるくらいのけがだったのは幸いだけれど、なにごともないのがいちばんなのは当然だ。

左の肘下、外側に五センチほどの傷だった。出血は止まっているようだが、縫う必要があるのか瑞緒には判断がつかない。

「病院に行きましょう」

「まさか。これくらいで恥ずかしい」

「そういう問題じゃないでしょう?」

押し問答の末に、これ以上ふたりの時間を無駄にしたくないという久我の言葉に、瑞緒が折れた。

「瑞緒が手当てしてくれれば、すぐに治るさ」

「私は魔法使いじゃありません」

「そりゃそうだ。俺にとってはお姫さまだな」

場所をリビングに移し、備え付けの救急キットで消毒し、大判のテープで傷口を覆った。刺激したせいか、じわりと血がにじむのを見て、瑞緒はそっと久我の腕を両手で包む。

「刃物を持った相手に素手で立ち向かうなんて……お願いだから、もうあんなことしないでください」

「おまえを守るためなら、なんだってする。もっとひどいけがをすることだってあるかもしれない。けど、それでおまえが無事ならいい」

当たり前のことを言うように、また、決して揺らがない意志だというように、久我はきっぱりと答えた。

瑞緒がじっと見つめると、久我はわずかに表情を和らげた。

「そう思えるようになったのは、おまえを好きになったからだ。以前の俺は、結婚することが怖かった。いや、そのくらい大事な相手を作ることが怖かったんだ。お袋が死んだのは、そのせいだと思ってたから――」

　久我の口から聞くのは初めてだった。久我が小学生のころ、会合先で敵対する組織に襲撃され、久我組は大打撃を受けた。ガードする組員だけでなく組長も襲われ、それを庇った久我の母が命を落とした。組長もそのときのけがで足が不自由になった――。

　久我が打ち明ける間、瑞緒はずっとその手を握っていた。心の傷がほんの少しでもいい、癒やされることを願って。

「子どもの目から見ても、仲のいい夫婦だった。親父の憔悴《しょうすい》はひどいもので……けど俺は、ヤクザだから好きな女まで危険に晒すんだと、ヤクザそのものに嫌気が差して、一時は縁を切ろうとしたこともあった――」

　やはり日本を離れた理由はそれだったのだろう。そのまま戻ってこないつもりでいたのかもしれない。

「けっきょく戻ってきたのは、身体の不自由な親父が無理して組を仕切っているのを見かねたのもあるし、自分に流れてるのがヤクザ者の血だってのを否定できなかったのもある。いずれにしても、二度と揺らがないって覚悟で墨を入れた」

　斜めに座った久我の背中に、鳳凰の羽が覗いている。

「鳳凰って、見た目どおりの優美とか崇高以外にも、平和や不死や再生の意味があるそうですね」

おそらく久我は、そんな願いを込めて鳳凰を選んだのだろう。

「意気込みだけだ。自分が選んだ女が危ない目に遭ったり、最悪命を落としたりしたらと考えると、尻込みした。そんなことになるくらいなら、一生独りでいいと思ってた」

自嘲するように口端を歪めた久我は、握り合う手に目を落とす。

「正直に言えば、会ったときからおまえに惹かれてた。同時にストップもかけてた。間違っても、手に入れるようなことはするまい、と。それなのにおまえときたら、ばか正直に愛人の務めを果たすとか言い出すし、実力行使に及ぼうとするし……あんなに振り回されたのは初めてだ」

低い笑い声が響き、瑞緒の指を弄ぶ。

「それが、だんだん楽しくなった。相手がいるっていうのはこういうことかと思って、ずっとこのまま続けばいいと願った。おまえの笑顔を見て、ずっと笑っていてほしい、それを見ていたい、と……」

顔を上げた久我は、瑞緒をじっと見つめた。切れ長の双眸は静かに、しかし力強く瑞緒を捉えて離さない。胸苦しさに、呼吸が震えた。

「おまえを危険に晒すかもしれないと思っても、それでもおまえが欲しくなった。そばにいてほしいなら、自分が全力で守ればいい。命に代えても、必ず守る。おまえが無事なら、それでいい――身勝手な言い分だと思うかもしれないが、その覚悟を決めておまえを妻に迎えることにしたんだ」

久我がどれほど瑞緒を大切に思い、守ろうとしてくれているか、改めて痛いほど感じた。その気持ちは嬉しいけれど――。

「身勝手です」

久我は驚きに目を瞠る。瑞緒は久我の手を握り返した。

「私も同じ気持ちだって、思いませんか？　宗輔さんになにかあったら、悲しいし苦しい。だからもしものときには、あなたを守りたい。さっきみたいに力もなくて、実際には役に立たなくても、強くそう思ってるんです」

きっと思いもよらなかっただろう瑞緒の反論に、久我は呆然としていた。でも、自分の気持ちをちゃんと知っておいてほしい。

「私を守ることで、宗輔さんに万が一のことがあったら……ありがとうなんて言えない。あなたがいない世界なんて、私には意味がないんです」

「まいったな……」

久我は目を伏せ、ため息をつくように呟いた。

「私を守ってくれるという気持ちは嬉しく思います。でも、私のいちばんの願いは、これからもずっと一緒に生きていくことなんです。私のためだというなら、この願いを叶えてください」

久我は瑞緒を抱き寄せ、肩口で頷いた。

「そのとおりかもしれないな。俺だって、おまえがいない世の中に意味なんてない。どちらかが死んだら、残されたほうも生きる気がないって言うなら、一緒に生き長らえる以外ないってことか。教えられたよ」

「ごめんなさい、生意気なこと言って」

「いや――」

切れ長の目が柔らかく細められる。

「なんでも自分で背負う癖がついてた。そうやってるうちに、己を過信するようにもなってたんだろう。目が覚めた」

素直に認められると、逆になんだか気まずい。可愛げがないと思われただろうか。

「上下の関係じゃなく、俺たちは夫婦になるんだからな。守り合うことも、支え合うこともあっておかしくない。ついでに、甘えることがあってもいいんだよな？」

顔を覗き込まれ、瑞緒は視線を泳がせる。

「……も、もちろんです」

いつもどおりの久我に戻ってくれたことにほっとする一方、なにをねだってくるつもりだろうかと気になる。

「よろしく頼む」

なにを、とは明かさないまま久我はソファから立ち上がり、新しいシャツを羽織った。鮮やかな鳳凰が隠れるのを見つめていた瑞緒を、久我がふいに振り返る。

「比翼《ひよく》の鳥って知ってるか？」

「いいえ。どんな鳥ですか？」

中国《ちゅうごく》の伝説上の鳥で、目と翼がひとつしかないため、雌雄がくっついて飛ぶのだと、久我は教えてくれた。それを自分たちに被らせているのは、瑞緒にもわかる。

「支え合って飛べるように、頑張ります。もっと筋肉をつけないと……学生時代より、ずいぶん落ちてしまったので」

「待て。肉体改造はしなくていいぞ。というか、しないでくれ。今の抱き心地が最高だから」

「だっ……、そういうことを言わないでください！」

頬を赤らめる瑞緒に対し、久我は涼しい顔だ。

「本当のことだ。それから、比翼の鳥の入れ墨を入れるなんて言うなよ？」

「どうして……」

まさに頭に浮かべていたことを言い当てられて、瑞緒は狼狽えた。

「そのままのおまえが好きだから。自分の背中、ちゃんと見たことがあるか？　真っ白でほくろひとつなくて、そりゃあきれいなもんだ」

怒涛《どとう》の褒め殺しに、瑞緒はどんな顔をしたらいいのかわからない。

「やめておきます……」

どうにかそれだけを伝えた。


本館のレストランに向かう途中、大前はどうなったかという話になり、久我はあまり乗り気でないながらも、「聞いておくか」と呟いた。

「鉄板焼きじゃなくていいんですか？」

尾木に会うなら店の方向が違うが、久我は瑞緒の手を引いて、フレンチレストランに足を向けた。

「二日続けて同じものは食いたくない」

まあ、尾木と連絡を取る方法はいくらでもあるだろうからと、瑞緒も気にせず後に続いた。

窓際のテーブルに案内されて、久我がメニューブックを手にコースを組み立てていくのを、瑞緒はうっとりと見ていた。こういう場所での久我は、いかにも慣れたふうで紳士然としている。目にするのは初めてではないのに、スマートさに惚れ惚れしてしまう。

「それと、ワインを頼みたい。赤と白一本ずつ」

「かしこまりました。ただいまソムリエを伺わせます」

……ん？　なんかデジャヴ……。

つい昨日もこんな展開があった気がして、でも考えすぎかと思っていると、グレーのベストに丈の短い黒のジャケットを重ね、黒に近い臙脂《えんじ》色のネクタイをきっちりと締め、長い黒エプロンという、ソムリエの正装のような出で立ちで近づいてくる姿が目に入った。

「えっ……？」

思わず声が出たのは、のっている顔が見間違えようのないイケメンだったからだ。

「いらっしゃいませ」

お手本のような角度で一礼した尾木に、瑞緒は目を丸くする。

「どうしてここに……」

「どうしてと言われても、ここもうちの店なんで、まあたまには」

こんなやり取りも昨日あったなと思いつつ、瑞緒は久我に目を移した。

「知ってたんですか？」

「そりゃあな。けど、どっちの店にいるか、あるいはもう移動したのかもわからなかったから、いなけりゃいないでいいと思ってた」

「お生憎さまー。ああ、奴ならお宅の若い衆が回収してったよ。クアトロポルテなんか乗ってやがんの。満身創痍《まんしんそうい》で運転するって言い張ってたけど、若い衆がハンドル握ってた。東京に着くまで無傷だといいねー」

楽しげな顔の尾木に、久我は眉を寄せる。

「カッとなりはしたが、手加減したつもりだ」

「俺は冷静だったけど、手加減なしだったから。だって、生意気な口きくからさあ。ついつい教育的指導が入っちゃうよね。ま、その甲斐あって、これ以上つきまとう気は失せた感じ？」

横瀬組の狂犬というふたつ名が、テーブルに目を落とした瑞緒の頭の中を回る。

「あ、そうだ。奴がここまでつけられたのは、瑞緒さんのスマホで位置情報を把握してたからだってさ。チェックしなかったの？」

それを聞いて、瑞緒は慌ててバッグからスマートフォンを取り出した。しかし、あまり活用しているタイプではないので、なにをどうすればいいのかわからない。手を伸ばした久我に預けると、素早くなにか操作をして瑞緒に返してくれた。

「こっちも見張りをつけてたからな。まあ、俺が甘く見てた」

「おや、いつになく殊勝だね。誰の影響かなー？　ということで、ご依頼の件は終了とさせていただきます」

「世話になった」

「いえいえ、大きな貸しを作らせてもらったよ。じゃ、ごゆっくり――」

下がろうとする尾木を、久我が呼び止めた。

「おい、肝心のワインは？」

「美味くて高いのを選んであげるから、ご心配なく」

トウモロコシの冷たいポタージュ、ニンジンムースのホタテと赤エビのせ、稚鮎《ちあゆ》のフリット、ラタトゥイユにのせたキンメダイのポアレ、ローストポークの夏野菜ソテー添えというメニューに、尾木チョイスのワインはよく合っていた。特に久我は気に入ったようで、複雑そうな顔をしながらも、ボトルのラベルに見入っていた。

デザートはチーズムースの上に、桃のコンポートとゼリーとソルベをのせた桃尽くしで、瑞緒は顔が綻んでいるのを自覚しながら口に運んだ。


宿泊棟に戻って、久我の傷口をフォローしながら一緒に入浴した。

「温まるのはよくないでしょうから、早めに出ましょう」

「今さらそう言っても、ワインをずいぶん飲んだんだが」

「ああ、そうだった！　だいじょうぶですか？　血が出てませんか？」

「平気だよ」

湯上がりのビールを飲もうとする久我を止めて、瑞緒は自分と同じ炭酸水のボトルを手渡した。

「やれやれ、けが人扱いだな」

久我はそれでも半分ほどを飲み干すと、ベッドに仰向けになった。まとったバスローブの胸元がはだける。

「それで私の気が済むんですから、我慢してください」

ベッドに腰を下ろしていた瑞緒の腕を、久我が摑んだ。

「ビールは我慢できても、おまえは我慢できないんだが?」

「そ、それは……」

瑞緒が言い淀んでいる間に、久我の手はバスローブを引き下ろして、瑞緒の肩を剝き出しにした。

瑞緒……、と甘えるような声を聞いてしまうと、これ以上は拒めない。瑞緒は思っていた以上に、甘えてくる久我に弱いらしい。いつもは彼に完璧なエスコートをされているから、今度は自分が、という気になってしまうのだろうか。

自分が、っていっても……。

あらゆる点で久我には敵わないし、ことにベッドの上では翻弄される一方なので、張り切りようもないというか。

……ううん、そんな弱気でどうするの！　チャンスを与えられたと思わなきゃ。理想の妻を目指して努力は惜しまないと決めたんだから、練習しながらでいいじゃない。

瑞緒はそっと久我に重なり、唇を寄せた。自分から舌を差し入れたものの、あっという間に久我に搦めとられる。

「……ん、う……」

力が抜けそうになってはっと我に返り、瑞緒は久我の下肢に手を伸ばした。

軽く芯を作っていたものが、瑞緒の手の中でぐんぐんと硬さと大きさを増していく。豹《ひょう》変《へん》していくそれに怯みそうになりながらも、瑞緒は身体を下げていった。

「うっ……、積極的だな」

「おい――っ……」

制止するような久我の声を無視して、口に含む。形を確かめるように先端を舌で撫で回すと、下腹がかすかに波打った。熱を帯びて張りつめていくのを感じて、瑞緒は勢いを得る。

心地よさを伝えるように瑞緒の髪を撫で回していた指がぴくりと跳ね、指先に絡んだままの髪を引っ張った。しかし久我は気づいていないようで、息づかいを荒くしている。

試しに同じところをもっと強く刺激してみると、久我は仰け反って瑞緒の肩を押し返した。

「ま、待て……もう充分だ」

喉を塞ぐほど息苦しかったものが抜け出ると、おかしなことに大切にしていたものを取り上げられたような気になる。

「でも、まだ――」

達するほどの快感は与えられていないと、久我のものを握ろうとしたが、その手を摑まれ、首を横に振られた。

「上達が早くて焦る……してくれるのは嬉しいが、それを愉しめるほど余裕がないんだよ」

意味が呑み込めなくて、久我の脚の間に座り込んで見つめていると、久我は瑞緒の濡れた唇を拭った。

「今の俺は、それよりもひたすらおまえを貪りたい。俺が感じさせてるおまえを見ていたい。悦ぶ身体を感じたい」

明け透けなほど直截《ちょくせつ》な言葉に、瑞緒は頬を赤らめながらも、身体の奥が熱くなってくるのを感じた。もぞりと膝を擦り合わせると、目敏く気づいた久我は、瑞緒を自分の上に乗せるように抱き寄せて、バスローブを脱がせた。

「……あっ……」

乳房と秘唇をまさぐられ、凝った乳頭と濡れた襞を弄ばれる感触に身を捩る。

「よく濡れてる……咥えるのも悪くなかったか？」

耳元で囁かれ、瑞緒はかぶりを振った。

「……言わ、ないで……ください っ……」

もっと触ってほしくて、ねだるように腰を揺らした。

「ところで、ちょっとだけ、けが人を労わってくれないか？」

瑞緒は目を瞠ってはっとする。久我の体調は最優先すべきなので、瑞緒は慌てて上体を起こした。快楽に呑まれてしまった自分が恥ずかしい。

「ご、ごめんなさい……」

そのまま久我から離れようとしたが、久我の手が瑞緒の腰を掴んで引き止める。

「うん、もう少し後ろ……よし、そのまま腰を落として――」

「えっ？　宗輔さんっ……」

久我に誘導されるまま、瑞緒は屹立《きつりつ》を呑み込まされていった。いわゆる騎乗位は初めてで、いつもとは違う角度で中を擦られる感覚に、肌が粟立つ。

「……あ、……ああ……」

どこまで入ってしまうのだろうと思うほど深く、まるで脳天にまで芯を通されたようにくらくらした。

「ああ、いいな……」

居心地を味わうように腰を揺らした久我に、瑞緒はびくりと身を強張らせる。媚肉が久我を締めつけるのを感じて、その逞しさに陶然とした。

「動けるか？」

この体位なら。しかし久我はけが人なのだから、瑞緒が主導の行為になるとわかっていても、どうしたらいいのだろう。それに少し動いただけで、逆に刺激されてしまう。

とりあえず下半身が動きやすいように、久我の引き締まった腹に手を置こうとしたのだが、摑まれて自分の太腿に置かれた。

「眺めもいいな」

「え……？　あっ……」

久我の視線が下肢に向けられていて、瑞緒は狼狽える。隠すものがないそこは、動けばきっと繫がっているところまで見えてしまう。

「……やっ、見ないで……」

「嘘だな。さっきよりもっと締めつけてくる。それに、ほら――」

久我が軽く腰を揺らすと、接触した部分がぬるりと滑った。

「溢れっぱなしだ」

久我の動きが次第に大きくなり、濡れた肌が擦れる音が派手に響く。耳を塞ぎたいのに、

その音にも官能を刺激されていた。

やがて下から突き上げられ、乳房が弾むように揺れる。触れられてもいないのに、先端が痛いほど尖った。そこを久我に舐め溶かしてほしいと、欲望が頭をよぎる。

「ひ、あっ……」

ふいに鋭い刺激が加わって、瑞緒は身をくねらせた。久我の指が花蕾を弄んでいる。

「……だめっ……あっ、そんな……したらっ……」

「触ってほしそうに膨らんでるから――ああ、締まりすぎだ……」

久我は瑞緒の腰を両手で摑んで、深い抽挿を繰り返した。ひと突きごとに高みへ追い上げられていくようで、瑞緒は嬌声を上げる。

硬直した身体の奥で媚肉が波打ち、久我に絡みつく。それを押し返すように屹立が脈打つのを感じて、瑞緒は心身の悦びに我知らず微笑んだ。

第七章　極妻になります

旅行から帰った数日後、羽鳥が離れを訪れた。

「瑞緒さんの耳にも入れていいと、カシラから申しつかりましたので」

話は大前の件だった。

久我組の若い衆によって東京へ戻された大前に、念のために組のお抱えの医師の診察を受けさせたそうだ。

「打ち身と細かい擦り傷というところです。痛みはかなりのものでしょうが、頭の中や内臓にダメージはありませんでしたので、ご心配なく。本人にも診断書に納得の上サインをもらってありますから、後から騒ぎ立てることもないでしょう」

「……そう、ですか……」

そつがないというか手際がいいというか、これが極道流なのだろうか。本気にさせたら、素人は太刀打ちできない。

瑞緒が出したコーヒーを飲みながら、羽鳥は微笑んだ。眼鏡が半分曇っているところが、ちょっと可愛い。

「まあ、顔面が派手なことになっていますので、周りにはあれこれ訊かれたみたいですね。一貫して酔っぱらって転んだと主張しているので、こちらとの関わりはもうなかったことにしたいのではないかと」

「そばで見聞きしたような詳しさですね……」

ついそう言うと、羽鳥はニヤリと紳士らしからぬ笑みを浮かべた。

「壁に耳あり障子《しょうじ》に目あり、ですよ。当分、見張りはつけておくつもりです。ですから瑞緒さんもご安心を」

「ありがとうございます。今回の件だけでなく、皆さんにはご心配やご苦労をおかけしました」

「いいえ。瑞緒さんは身内も同然、というかまもなく本物の身内になる方ですから。カシラには及びませんが、いつでも見守らせていただきます」

「ひとつ、気になっていることがあるんですけど——」

瑞緒が躊躇いながら口を開くと、羽鳥は続きを促すように首を傾げた。

「共和サプライという会社をご存知ですか？」

それだけで事情が呑み込めたという顔で、羽鳥は口角を上げて頷く。

「ええ、会社や店舗の什器《じゅうき》を始めとして、細々としたものまで扱っている商社です。うちのフロントやシマの店も、一括で取引してますね」

そこまで言ってから、羽鳥はどこか不敵にも見える笑みを浮かべたので、瑞緒は思わず膝の上で拳を握りしめてしまった。

どうしよう、やっぱり大事な取引先だったんだ……それがふいになるようなことになったら――。

「あの男が共和サプライの名を出して脅してきたという話は、カシラから伺っています」

「そう、そうなんです。それが気になって……腹いせに告げ口するんじゃないかと――」

「はい、翌日にはもうやったみたいです」

「ええっ⁉」

悲鳴交じりの声を上げた瑞緒に、羽鳥は軽く手を上げた。

「ご心配なく。あの男も、調べるならもっと徹底すればいいものを……詰めが甘すぎますね。そんなんで会社はだいじょうぶなんでしょうか？」

羽鳥がなにを言っているのかわからず、瑞緒はハラハラしどおしだ。

「そ、それで、どうだったんですか？　共和サプライとの取引は――」

「共和サプライは、吉原組のフロントなんですよ」

由香里さんのところの……！

目を瞠る瑞緒に、羽鳥はおかしそうに首肯した。

「大前からの訴えを聞いて、共和サプライはシロカネビューティプロフェッショナルとの取引を打ち切ったそうです。フロント企業だと明かし、そんなにヤクザが嫌いならうちも取引を辞退させてもらいますと、あくまで慇懃に。ずいぶんとわがままを言って、大前側には美味しい取引だったようですから、今後はさぞかし苦労することでしょう。共和サプライの影響力は大きいですからね」

瑞緒は呆気に取られて、ソファの背もたれに身体を沈めた。

「雉《きじ》も鳴かずば撃たれまい、というやつですね。おとなしくしていればいいものを、自業《じごう》自得です」

澄ました顔の羽鳥がコーヒーを飲み干したタイミングで、玄関のドアが開く音が聞こえ、続いて久我の声がした。

「ただいま――あっ、羽鳥の奴まだいるのか?」

床を踏み鳴らしてリビングに顔を見せた久我は、「おかえりなさい」と立ち上がった瑞緒に頷いてから、羽鳥を睨む。

「いつまで居座ってんだよ」

「詳しい報告をしたまでですが?」

「チーズケーキも食ってんじゃねえか」

「大変美味でした。それでは瑞緒さん、これで失礼します」

羽鳥はまったく動じることなく、微笑んでリビングを出ていった。肝の据わり具合は、さすがは久我組の若頭補佐というところか。

舌打ちして羽鳥を見送った久我に、瑞緒は声をかける。

「早かったんですね。夕食までまだ間があるし、宗輔さんもケーキ食べますか？」

「もちろん食う」

ソファに腰を下ろした久我の前に、瑞緒はコーヒーとチーズケーキを置いた。

「共和サプライの件、聞きました」

「ああ、堂本にちらっと知らせておいたんだが、まさか本当に言ってくるとはな。まあ、向こうも面倒な客を取り除けてよかったらしいから、吉原組との貸し借りはナシだ」

大きく切り分けたケーキを頬張って、久我は満足げに口端を上げた。それから視線を瑞緒に移し、微苦笑を浮かべる。

「大きな痛手をくれてやれて、俺としてはようやく溜飲が下がった。あのとき、脅えてただろう？」

「それは……そうでしたけど」

格闘技観戦の趣味もないし、生身の人間同士が殴り合うのを目の当たりにしたのは初めてだったのだ。しかし怖いというよりも、久我を案じる気持ちのほうが強かった。

「おまえに怖がられるのを避けたくて、話し合いで済むものならそうするつもりだった。

けど、おまえにナイフが突きつけられるのを見たら、もう許せなかったんだ。怖がらせてすまなかった」

瑞緒は隣から久我の手をそっと握った。

「腕力に出なければならないときもあるんだと思います。でも、くれぐれも気をつけてください」

「わかった。これからまた、道場にも通うようにする。おまえのためにももっと強くならないとな」

最近知ったのだが、久我は空手の段持ちだそうだ。

瑞緒がそう言って微笑むと、久我は訝しげに目を細めた。

「私も頑張ります」

「頑張るって、なにを?」

「宗輔さんを守れるように、とはいかなくても、自分の身は守れるようにです。四六時中そばにいてもらうわけにはいかないし――」

話しているそばから、久我の目つきが険しくなっていくので、瑞緒は慌てて言い募った。

「由香里さんが、通っているボクシングジムに誘ってくれたんです。女子の間で流行ってるんですよ。プロポーション維持にもいいって」

久我は腕組みをして唸っていたが、やがて諦めたように頷く。

「まあ、気分転換程度ならいいだろう」

「ありがとうございます！　そうですよね、運動不足になっちゃうし」

久我は最後のひと切れを口に放り込んで、意味深な流し目をくれた。

「運動なら、毎晩いくらでもつきあうぞ」


それからの日々は、楽しくも慌ただしく過ぎていった。

結婚式が十一月に決まり、神社での挙式に合わせて白無垢を着ることになった。最近はカツラをつけないことも多いと聞いたので、地毛を結って生花を飾ることにした。

久我は衣装一式を買うつもりでいたが、一度きりのことだし、保管に苦労するからと、瑞緒はレンタルを推した。渋々ながら了承した久我だが、これだけは譲れないと、まだ誰も袖を通していない衣装を選んだ。

久我は黒紋付に袴《はかま》で、これは会合や儀式で着用することもあり、すでに自前で揃えてあったが、瑞緒に合わせて新品をレンタルすることにした。

衣装のことなど途中からどうでもよくなってしまうくらい大変だったのは、参列者の選定だ。一般的な披露宴をしないのは、極道が一堂に会するのを避けるためで、その分、結婚式の参列者が増える。そうはいっても招ける人数には限りがあり、調整に頭を悩ませた。

また、披露宴代わりに小規模な集まりを何度か開くと聞いて、その準備にも忙しかった。

瑞緒がいちばん気を揉んだのは、この世界のしきたりや礼儀作法がちゃんと身についたかということだ。師と仰いだのは由香里とその母で、丁寧かつスパルタ気味の指導に、音を上げつつも食らいつけたのではないかと思う。

そんな合間を縫って、ボクシングジムで汗を流し、ときになにに対してともわからない八つ当たりをサンドバッグにぶつけた。コーチにはなかなか筋がいいと褒められ、本格的にトレーニングをしないかと誘われたけれど、丁重に断った。もちろん久我には話していない。

組長には頻繁にスイーツ巡りに誘われ、気づけばめぼしいホテルのアフタヌーンティーを制覇していた。そのせいで菓子作りの回数が減り、食後のデザートを楽しみにする久我にたびたびリクエストをされた。

自宅マンションは処分したが、両親の遺骨と位牌の処遇に迷った。それぞれの血縁とは交流がなく、まだ墓の用意はない。

「生前がどうだったとしても、おまえの親であることに変わりはない。この先、気持ちが変わることもあるかもしれないし、後悔しないようにしたほうがいい」

久我のそんな言葉に、瑞緒は相談の末、永代供養を選んだ。今は両親に対して割りきれていて、これまでの仕打ちにもその死にも特に感慨はないけれど、たしかに人生を重ねていけば変わる心もあるかもしれない。

それに永代供養であれば、久我と結婚して極道の世界の人間となる瑞緒に万が一のことがあっても供養の心配はない。


小春日和《こはるびより》のその日、由緒ある神社で久我と瑞緒は結婚式を挙げた。

白木の本殿は静謐《せいひつ》な空気に包まれ、衣擦れの音も大きく響くほどの静寂さで、瑞緒は緊張に見舞われた。しかし目を上げればいつでも久我がそばにいて、小さく笑みを返してくれた。

この人とこれからもずっと一緒に歩んでいくのだと、生きている限りは決して離れることはないと、改めて自分自身に誓えた。

式の後に参列者に挨拶をした際、招待したすべての人の顔と名前を憶えていたことで、口々に褒められたと、組長が後から満足そうに話してくれた。

結婚式そのものは短い時間で終了したが、久我と瑞緒はそのまま着付けをしたホテルに戻り、一転してお色直しのような洋装に着替えた。久我が言うところの身内だけのパーテイーが、汐留《しおどめ》のレストランを借り切って開かれる。

久我はシルバーグレーのタキシードに、タイをつけずに黒のシャツを合わせ、ゴージャスなワイルド系だ。

客が待ちかまえるレストランのドアを前にして、瑞緒は久我と並び立った。

「すてきです……」

久我の全身を改めて見つめた瑞緒がうっとりとして囁くと、まんざらでもなさそうな笑みが返される。しかしすぐに首を傾けた。

「ウェディングドレスじゃなくてよかったのか?」

そう気にしてくれたが、瑞緒は微笑んでかぶりを振った。

「あまりいい印象がないので、これがいいです。それに、結婚式はちゃんと白無垢で挙げましたから」

瑞緒が選んだのはパステルオレンジの地に、バラの刺繍《ししゅう》を施した白いシフォンを重ねたベアトップドレスだ。黄色い小花や緑の葉も刺繍されていて、アクセントになっている。

髪は緩くアップにして白バラの生花を飾っただけだが、久我が張り切ってジュエリーをプレゼントしてくれたので、ダイヤモンドのラインネックレスと揃いのイヤリングを身に着けた。

ドレスの色味がなんとなく鳳凰の羽の色に似ている気がして、迷うことなくこれに決めたけれど、自分ではいい選択だったと思っている。

「どこかおかしいですか？」

一応そう訊くと、久我ははっきりと首を振った。

「いや、惚れ直すくらいきれいだ」

「これからも何度もそう思ってもらえるように、努力します」

『お待たせしました。新郎新婦の入場です。皆さま、拍手でお迎えください！』

マイクが不要なくらい声を張り上げているのはシュンで、瑞緒は思わず笑ってしまった。

音楽が鳴り響き、スライドドアが開かれる。

立食形式にセットされた会場内は白一色で明るく、突き当たりは東京湾が見渡せるテラスになっている。季節柄、前面の窓は閉じていたが、快晴の午後の日差しに海が輝いていた。

「おめでとう！」

「瑞緒さん、きれい！」

左右に並んで口々に祝いの言葉をかけてくれる客のひとりひとりに、瑞緒は笑顔で応えた。

「瑞緒さん、おめでとう！　とってもすてきよ」

手を握って飛び跳ねんばかりに喜んでくれているのは、深紅のベルベットドレスに身を包んだ由香里だ。

「ありがとうございます。由香里さんもそのドレス、とてもお似合いです。それから、私からもお祝いを言わせてください」

瑞緒の結婚準備を手伝ってくれる間に、由香里の恋も進展して、家族から結婚の許しを得たという。

「あら、ありがとう～。あ、そうだ、紹介しなきゃね。これが堂本よ」

きつめの目じりを下げて蕩けそうな笑みを浮かべた由香里は、背後に立っていた長身の男性の腕を引っ張った。

「……堂本です。このたびはおめでとうございます」

「それだけ？　もうちょっとなにかないの？」

がっしりとした身体をダークスーツに包んだ堂本は、目尻から頬にかけて一条の傷が走っていた。目つきも鋭く強面の部類かもしれないけれど、由香里の言葉に困ったような目で見返すところなど、寡黙で優しいタイプなのではないだろうか。

「充分ですよ。ありがとうございます。それで、お式はいつごろですか？」

「来年早々にはと思ってるわ。あなたたちには遅れたけど、赤ちゃんは先を目指すわよ。……まだよね？」

いきなり踏み込まれて、瑞緒はしどろもどろになる。

「ま、まだです……」

「うちは新婚を楽しむんだよ。嫁も若いしな」

久我が口を挟んだので、由香里は眉を吊り上げた。それにかまわず、久我は堂本に話しかける。

「とうとう捕まったな。まあ、これも運命だと諦めろ」

揶揄うような言葉に、しかし堂本はきっぱりと首を振る。

「いや、やっと捕まえた気分だ」

それを聞いて由香里は驚き、少女のように頬を染めた。このふたりも幸せなのだと、瑞緒は嬉しくなる。

「久我さん、瑞緒さん、おめでとう～！　可愛いドレスだね。フェニックスみたい」

そう言って両手を広げたのは、尾木だ。光沢のある黒のスーツに、シルバーの刺繍が入ったネクタイを結んでいて、ステージ衣装のようだが、自分の華やかな容姿をよくわかっている。

それにしても、このドレスからフェニックスを連想してくるあたり、尾木は瑞緒の思考を読み取っているのではないだろうか。鳳凰は東洋のフェニックスとみなされているのだ。

「……ありがとうございます。その節は大変お世話になりました」

「どうしてるかと思って、何度か久我さんに連絡したんだけど、遊びに行くって言っても断られちゃってさ」

瑞緒は慌てて横の久我を見た。

「えっ、そうだったんですか？　すみません、知らなくて……」

「どうして呼ばなきゃならないんだ。瑞緒の手作りケーキを食べさせるほどの借りは作ってない」

相変わらず態度こそすげないが、信頼と友情を築いている間柄だからこそのやり取りなのだろう。

「あー、そういうこと言う。じゃあさ、今回の件をプラスして、そろそろ家庭訪問の許可くれない？」

「今回の件……？」

首を傾げた瑞緒に、尾木はにこりとした。

「当レストランにお越しいただきありがとうございます。今後ともご贔屓に」

「えっ、ここも横瀬組の――」

尾木は指を立てて、チチチと舌を鳴らす。

「ヨコセダイナースね」

「尾木がパーティーの企画を立ててくれたんだ」

「そういうことは前もって言ってください！　尾木さん、お世話になります！」

　ようやくテラス前の指示された位置に辿り着くと、今日の司会進行を任されたシュンが、傍らで手を上げた。気に入っているのか、いつぞやの組事務所での酒盛りのときと同じく、大きすぎる蝶ネクタイを着用している。

「はい、皆さま、お祝いの言葉をありがとうございました！　本来なら改めてここで新郎新婦より挨拶があるところですが、恥ずかしがり屋の新郎より、『そんなもんは省略だ』と却下されましたので、代理でひと言だけ。『今後の自分たちを見ていてほしい』とのことです。お祝いしていただいたからには、幸せでい続ける――というような意味なのだろうと愚考いたします」

　会場内から、口笛や拍手が上がった。

「でも、なにもナシってのもアレっすよね。というわけで、誓いのキスでもしていただこうと思いますが、どうっすかー⁉」

　まるでライブ会場のコールアンドレスポンスのように、シュンがマイクを差し向けると、同意の声が上がった。

　む、無理でしょ……挨拶もしないって言ってるのに。それに、私だって恥ずかしい……。

　まさか逃げ出すわけにもいかず俯いていると、ふいに肩を抱かれ、久我と向き合わされた。

「愛してる――」

真顔でそう言われ、呆然と見上げる瑞緒の耳に、客たちの歓声が聞こえた。

ゆっくりと久我の顔が近づいてくる。

……私も久我組若頭の妻だもの。覚悟を決めなきゃ。

目を閉じた瑞緒の唇に、久我のそれが触れた。いっそう沸き立つ声が、やがて温かな祝福の拍手に変わっていく。

重ね合った唇が、ともに笑みを形作った。

END

あとがき

こんにちは、浅見茉莉《あさみまり》です。この本をお手に取っていただき、ありがとうございます。

二度目のヤクザものとなります。ヒーローは迫力があり面倒見がいい男ですが、過去のトラウマからヒロインには引き気味。

ヒロインは初登場シーンからウェディングドレス姿で、ヒーローに迫ります。あ、こういう言い方は語弊があるかな？　でも、ざっくり説明すると間違いではない。

ヒロインが迫る理由は、助けてもらった条件を果たすためですが、なかなか思うようにいきません。向こうがしなくていいって言っているんだから、そうですかすみませんありがとうございます、でラッキーと思わないところが、真面目なヒロインです。

ヒーローはヒロインを助けて守るだけでなく、あれこれと世話を焼き、服を買ったり食事に連れていったりするので、ますますこの恩に報いなくては、と必死になります。

でも何度もはぐらかされ、自分に興味や魅力がないのかと落ち込みながらもチャレンジするのは、真面目だとか律儀だとかだけでなく、無意識にヒーローに惹かれていたからでしょう。自覚するのに時間がかかったのも、極道の世界に単身踏み込んでいって、環境に振り回されたからかもしれません。

ヒーローは極道ですが、見た目はほぼデキるセレブです。中身もわりと真面目だと思います。彼のほうは一目惚れに近いんですが、自分の立場を考えてヒロインに手が出せない感じですね。まあ葛藤が表れているのか、何度も未遂をやらかしていますけど。

あと特筆すべきは、入れ墨があります！　最近は減っているそうですし、なんなら一般人のほうがあちこち入れていますけど、今回は入れる方向でと相談で決まったので、いろいろ検索して鳳凰《ほうおう》にしてみました。

ヒーローの身体にはそんな目印がありますが、ヒロインのほうもある特徴が……詳しくは本文をお読みください。

ふたりを取り巻くキャラクターも、楽しく書かせていただきました。

フットワークがいい若い子分は、話を動かしてくれる存在ですし、豪快かつおちゃめな組長も、怜悧な若頭補佐も好きです。敵役ですらも、なんだか可愛かったですね。

けれど、なんといってもお気に入りは狂犬くんです！　前半からもっと出したかった。でも、ヒーローがなかなかヒロインに会わせようとしないから。

御子柴《みこしば》リョウ先生には、可愛らしいヒロインとセクシーなヒーローを描いていただきました。美しい鳳凰、ありがとうございます！

今作より組ませていただいた担当さんを始めとして、制作に関わってくださった方々にも、お礼申し上げます。

お読みくださった皆さんも、ありがとうございました！　少しでも楽しんでいただけたら嬉しいです。

それではまた、次の作品でお会いできますように。

原稿大募集

ヴァニラ文庫ミエルでは乙女のための官能ロマンス小説を募集しております。
優秀な作品は当社より文庫として刊行いたします。
また、将来性のある方には編集者が担当につき、個別に指導いたします。

◆募集作品

男女の性描写のあるオリジナルロマンス小説（二次創作は不可）。
商業未発表であれば、同人誌・Web 上で発表済みの作品でも応募可能です。

◆応募資格

年齢性別プロアマ問いません。

◆応募要項

・パソコンもしくはワープロ機器を使用した原稿に限ります。
・原稿は A4 判の用紙を横にして、縦書きで 40 字 ×34 行で 110 枚 ~130 枚。
・用紙の 1 枚目に以下の項目を記入してください。
①作品名（ふりがな）/②作家名（ふりがな）/③本名（ふりがな）/
④年齢職業 /⑤連絡先（郵便番号・住所・電話番号）/⑥メールアドレス /
⑦略歴（他紙応募歴等）/⑧サイト URL（なければ省略）
・用紙の 2 枚目に 800 字程度のあらすじを付けてください。
・プリントアウトした作品原稿には必ず通し番号を入れ、右上をクリップなどで綴じてください。

注意事項

・お送りいただいた原稿は返却いたしません。あらかじめご了承ください。
・応募方法は必ず印刷されたものをお送りください。CD-R などのデータのみの応募はお断りいたします。
・採用された方のみ担当者よりご連絡いたします。選考経過・審査結果についてのお問い合わせには応じられませんのでご了承ください。

◆応募先

〒100-0004　東京都千代田区大手町 1-5-1　大手町ファーストスクエアイーストタワー
株式会社ハーパーコリンズ・ジャパン　「ヴァニラ文庫作品募集」係

俺の女になるんだろ

～若頭に囲われたら、いきなり結婚宣言されました～

Vanilla文庫 Miel

2024年2月5日　第1刷発行　　定価はカバーに表示してあります

著　作　浅見茉莉　©MARI ASAMI 2024
装　画　御子柴リョウ
発行人　鈴木幸辰
発行所　株式会社ハーパーコリンズ・ジャパン
東京都千代田区大手町1-5-1
電話 04-2951-2000（営業）
0570-008091（読者サービス係）
印刷・製本　中央精版印刷株式会社

Printed in Japan ©K.K.HarperCollins Japan 2024 ISBN978-4-596-53731-7